ORIENTAL FANTASY STORY & ADVENTURE

魔劍王

마검왕 22

dream
books
드림북스

마검왕 22 금빛 광휘(光輝)

초판 1쇄 인쇄 / 2015년 5월 13일
초판 1쇄 발행 / 2015년 5월 20일

지은이 / 나민채

발행인 / 오영배
책임편집 / 편집부
펴낸 곳 / (주)삼양출판사 · 드림북스

주소 / 서울시 강북구 도봉로 173
대표 전화 / 02-980-2112 팩스 / 02-983-0660
편집부 전화 / 02-980-2116 팩스 / 02-983-8201
블로그 / blog.naver.com/dreambookss

등록번호 / 제9-00046호
등록일자 / 1999년 3월 11일

ⓒ 나민채, 2015

값 8,000원

ISBN 979-11-313-0324-5 (04810) / 978-89-542-3036-0 (세트)

* 지은이와 협의하에 인지는 생략합니다.
* 잘못된 책은 구입한 곳에서 바꾸어 드립니다.

이 도서의 국립중앙도서관 출판시도서목록(CIP)은 서지정보유통지원시스템홈페이지
(http://seoji.nl.go.kr)와 국가자료공동목록시스템(http://www.nl.go.kr/kolisnet)에서
이용하실 수 있습니다. (CIP제어번호: 2015013246)

魔劍王

마검왕

나민채 퓨전무협 장편소설

ORIENTAL FANTASY STORY & ADVENTURE

22

금빛 광휘 光輝

dream books
드림북스

목차

魔劍王

제1장

망징패조(亡徵敗兆)

황성을 차지하면 응당 열어야 할 곳이 있다.

바로 보물 창고.

주먹만 한 인장을 구멍 속에 끼워 넣자, 기관이 움직이는 소리가 철커덩하고 났다.

두 짝의 큰 철문 위로 마치 전자 회로를 연상시키는 마법진이 푸르스름한 빛으로 발광하면서 모습을 드러냈다.

천천히 열리는 문 사이로 보고(寶庫) 안의 찬란한 금광(金光)이 뻗쳐 나왔다.

제국의 보물 창고는 본교의 보물 창고인 보연당(寶衍堂)보다도 여섯 배 이상 크면서도, 그 안이 보물들로 빼곡했다.

병구(兵具)는 병구대로, 금은 금대로, 보석은 보석대로, 세공품은 세공품대로.

각각 거치대나 궤짝에 정갈히 정돈되어 있는 모습에 어쩐지 씁쓸한 입맛이 느껴졌다. 이제는 이 모든 게 내 것이 되었다고 해도, 비단길의 중간에서 무역상들에게 세금을 받던 본교와 한 행성을 거진 다 통치하다시피 했던 제국의 규모가 확연히 느껴졌기 때문이다.

본교는 내게 있어 항상 제일이었지만, 객관적인 시점에서 보자면 잠재력이 큰 신생국에 불과한 것이 사실이었다.

— 진짜는 어디 있지?

몸을 돌리며 물었다. 짧은 사이에 몇 년은 늙어 버린 아할의 주름 잡히고 자글자글한 얼굴이 시선 안으로 들어왔다. 그는 창고 문 앞에 우두커니 서서 이쪽을 바라보고 있었다.

"여기가……."

— 그 입 닥쳐라. 아할. 한 번 더 날 능멸한다면, 네놈도 보겐에게 보내주마.

"오십 년 전, 선황(先皇)께서 가르쳐 주시지 않으셨습니까? 왜 제게 물으시는 것입니까……."

아할에게 걸어갔다.

내가 그의 앞에 딱 이르자, 내 눈에 어른거리는 살심(殺心)을 읽지 못할 리가 없던 그가 자신도 모르게 뒤로 한 발자국 뺐다.

― 진짜는 어디 있느냐?

이 일로 나를 의심한다 할지라도, 이제 와서 그가 할 수 있는 일이라고는 지금까지 그래왔던 것처럼 계속 내게 협조하는 것뿐이다.

"저는 결국 죽겠군요."

― 나도 네놈을 계속 살려두고 싶군. 제국은 아직 네놈을 필요로 하니까. 하지만 내게 복종하지 않는 것이라면 베어야지.

죽은 황제와 상황을 바라봤을 때보다도 더한 고뇌와 근심이 그의 얼굴에 드리웠다. 그러나 그렇게 오래 지나지 않아서 어떤 무서운 결심을 한 사람 같은 표정과 함께 눈을 떴다.

"이쪽입니다."

이만한 문명을 이룩한 곳이라면 총아가 집결해 있을 '진짜 보물 창고', 이를테면 본교의 천서고와 같은 곳이 분명 있으리라.

그랬던 생각이 맞았던 것일까.

아할은 더 음침하고 깊숙한 곳으로 나를 이끌었다.

우리는 몇 개의 비밀통로를 걷고 또 걸었다. 그러던 끝에 우리가 도착한 곳은 온갖 마법진으로 도배가 된 좁은 통로였다. 마법진에서 이는 푸른빛과 상반되게도, 마법으로 형성된 반투명한 막 뒤로 선명한 어둠이 꿈틀거리는 게 보였다.

연기처럼 자욱하니 넓게 깔려 있되, 막에 막혀서 나오질 못하고 있다. 단지 바라보는 것만으로도 불길한 기분에 눈살이 찌푸려진다.

— 무엇이냐?

"여길 찾으시는 게 아니셨습니까?"

— 저것들은 무엇이지?

나는 막에 갇힌 어둠들을 가리켰다.

"마족들의 잔재입니다."

숨겨둔 비밀이 마계(魔界)로 가는 문이라니. 나는 실망할 수밖에 없었다.

그로부터 반년이 지났다.

*   *   *

찬탈자 크랑크하이트.

심지어 숙청의 날에 살아남아 대관(大官)으로 임용된 귀족들까지도 나를 그렇게 부른다는 소문들이 왕왕 들리고 있었다.

번역하자면 '질병의 찬탈자' 쯤 된다.

나의 무위를 추존(推尊)하는 의미로 드래곤의 또 다른 이름을 붙인 '카이저 트라헤'라는 칭호에 비한다면 무척이나 저급한 칭호임이 틀림없으나, 지금의 상황을 너무나도 잘 보여 주는 칭호라 할 수 있다.

제국은 황금기에 들어서자마자, 오십 년 만에 돌아온 황태자에 의해 병이 들었다.

그 일은 란테모스가 오성탑의 고위 마법사들을 제국의 정사에 개입시키면서부터 시작됐다. 그들이 온 다음부터 정국(政局)은 구태여 내가 관여하지 않더라도, 스스로 살아서 움직이는 생물처럼 자연스럽게 혼란으로 치달았다.

황성 안만 보아도 두 행성의 마법사들을 움직이는 강력한 두 개 학파가, 바깥으로는 숙청의 날에 살아남은 황족과 귀족들끼리도 몇 개 파벌로 나뉘어 소리 없는 전쟁을 벌이고 있는 중이었다. 거기다 번왕들까지 한시도 조용할 날이 없다.

이것이야말로 망징패조(亡徵敗兆).

그리고 정작 그들을 중개해야 할 황제는 그가 데려온

여종과 함께 침실에 틀어박혀 나오질 않았다.

"아…… 아흑……."

엘라의 간드러진 소리가 침실 안에서 메아리처럼 울렸다.

그녀가 고개를 위로 젖히면서 몸을 비틀자, 이제는 여느 고급 향수 못지않게 매력적으로 변한 그녀의 체취가 교성과 함께 주위로 퍼졌다.

"아!"

기름으로 얼룩진 유전 지대에 불이 붙어 버린 것처럼, 그녀는 쾌락의 불바다 속에서 허우적댔다.

그럼에도 불구하고 전과는 달리 눈빛이 살아 있다. 자신을 잃지 않았다. 사랑을 갈구하는 그녀의 눈빛이 한 번씩 번뜩이는데, 얼음송곳을 연상시킬 만큼 날카로운 빛을 품고 있었다. 시간이 지난 만큼 비로소 그녀도 수련의 성취가 겉으로 드러나기 시작한 것이다.

뼈만 앙상히 남았던 그 옛날의 병든 창부는 이제 없었다.

고양이상의 색기 충만한 미녀가 나를 향해 기어 왔다. 뜨거운 하나의 덩어리가 내 몸을 덮쳐 오는 선명한 느낌이 전보다 더욱 강렬해졌다.

엘라의 교태 섞인 행복한 신음 소리와 따뜻한 입김이 귓가를 간질이면서 원기(元氣)의 흐름을 더욱 자극시켰다.

똑. 똑.

"급한 일입니다. 폐하."

중요한 순간에 노크 소리가 울렸다. 엘라는 신경 쓰지 말라는 듯 양팔로 내 목을 감쌌다. 나는 그런 엘라의 팔을 뿌리치고 침대 옆에 걸려 있던 가운을 몸에 걸치며 일어섰다.

내 공력에 밀려난 문 두 짝이 활짝 열렸다. 은빛 갑옷과 성검으로 무장한 두 기사, 문 앞을 지키고 서 있는 그 둘 사이로 란테모스가 걸어 들어왔다.

그가 일그러진 내 얼굴과 발가벗은 엘라의 모습을 보고 죄송스러운 표정을 지었다.

"부득이하게 보고 드려야만 했습니다."

무척이나 공손한 태도.

처음 만났을 때와 비교한다면 그는 이제야 종복다워졌다.

이전에야 흑천마검 때문에 굴복한 이유가 컸지만 지금은 상황이 많이 달라졌다. 어느 날부터 그의 눈에서 야망이 보였다.

지금 바로 눈앞에서 보이는 것처럼.

— 무슨 일이냐?

"번왕(藩王)들이 움직이고 있습니다."

― 몇이나?

"이번엔 전부입니다."

― 하나로 합치는데 참으로 오래 걸리는군. 그대는 이제 오정국 마법사들을 전선으로 보내고 싶겠지? 한 명이라도 수를 줄이고 싶을 거야.

란테모스는 대답하지 않으나, 순간적으로 심술궂게 움찔거렸던 그의 미간이 대답을 대신해 주고 있었다.

― 그래서 이리 급하게 찾아온 게 아니었나? 아할이 오기 전에?

"그것들이 제가 해야 할 일들을 방해합니다. 지금이 좋은 기회입니다. 주인님. 아할의 열두 제자들을 모두 보내 버리면…….."

― 모르는 척하는 것이냐? 아니면 정말 모르는 것이냐?

황성에는 오정국 마법사들이 필요하다. 그들이 매일같이 오성탑 마법사들과 정쟁(政爭)을 벌이고 있기에, 제국이 혼란스러운 것이다.

란테모스를 빤히 쳐다봤다. 그가 잠깐 내 눈 안을 들여다보다가 고개를 숙였다.

"알겠습니다. 제 싸움은 제가 알아서 하지요. 하면 진압군 총지휘관으로 누구를 내정하시겠습니까?"

― 싸우다니. 큭큭큭…….

나는 웃음을 삼킨 다음 다시 입을 열었다.

— 우린 싸우지 않을 것이다.

"두고만 보실 생각이시군요. 그리 알고 있겠습니다. 주인님."

란테모스는 용케도 실망스러운 기색을 감추며 차분하게 말했다. 지난 반년 사이 이 늙은 대마법사는 아할과 싸우면서 정치꾼이 다 되었다.

— 쯧. 그대는 아직도 나를 모르는구나. 나는 일곱 번 왕의 독립을 모두 인정할 것이다. 동등한 일국(一國)의 위치에서.

란테모스의 눈이 휘둥그레졌다.

"그러시겠다는 말씀은?"

— 지금부터 마루스 대 제국은 없다. 나는 제국을 갈기 갈기 찢을 것이다.

생각만 해도 즐겁다. 옥제황월의 모든 게 격하(格下)된다.

제국은 왕국으로, 황성은 왕성으로, 황제는 왕으로. 그리고 언젠가는 이 왕국마저 주변의 왕국들에 흡수될지도 모른다.

— 찬탈자 크랑크하이트가 제국을 제대로 말아 먹는 군. 그렇지?

"백성들은 카이저 트라헤라고 부릅니다."

나는 심드렁한 표정으로 고개를 끄덕였다.

— 그것도 오늘까지다. 지금이야 어떤 시인의 노래에 취해 있다지만, 내일이면 그 찬송가가 저주의 노래로 바뀔 테니까. 남녀노소 할 것 없이 모두가 다, 이 몸을 손가락질할 것이다.

이 몸 옥제황월을.

일곱 번왕들에게 소극적인 태도로 일관하다가 싸워보지도 않은 채 백기(白旗)를 든 황제. 결국 그들 일곱 번왕의 완전한 독립을 인정하여 제국을 여덟 조각으로 나눠버린 황제.

제국을 몰락시켜버린 이 쓰레기 황제에게, 그 누가 손가락질하지 않을 수 있을까.

— 다른 보고 사항은?

"없습니다."

— 놈과 드래곤과 관련된 일이 아니라면 모두 그대 선에서 처리하고, 다신 내가 부르기 전까지 나를 찾지 말거라.

"예."

나는 등을 돌려 나가는 란테모스를 향해 다시 의념을 전했다.

— 나는 반드시 돌아가야만 하는 몸. 내가 떠난 뒤에

여기에 누울 사람은 바로 그대다. 란테모스. 사냥을 마치는 그날, 그대에게 왕좌를 물려주지.

란테모스는 감출 수 없는 괴이쩍은 미소를 살짝 지었다.

— 그러니 정쟁(政爭)에 힘 빼지 말고 놈과 드래곤들을 찾는 데 주력해라. 드래곤 같은 비상식적인 존재들은 알 수 없어도, 인간인 그놈은 이 시공간 어디에 현존할 수밖에 없다.

"예."

란테모스의 목소리에 힘이 실렸다.

란테모스가 나가고, 나는 침대 쪽을 돌아봤다. 엘라의 늘씬하게 쭉 뻗은 긴 다리가 나를 유혹하는 듯 침대 밖까지 뻗어 나와 있었다.

마찬가지로 엘라는 여운이 가시지 않은 눈길로 나를 쳐다보고 있었다. 나는 단호하게 고개를 저었다. 그러고는 옷을 바꿔 입고 흑천마검을 쥔 채로 시동어를 내뱉었다.

메모라이즈 되어 있던 마법의 결정(結晶)이 토해지는 순간.

"$T\varepsilon\lambda\varepsilon\pi o\rho\tau$"

일그러지는 공간의 압력이 내 전신을 중심으로 쏠려 들었다.

＊   ＊   ＊

지난 반년간.

5서클 공간이동 마법인 텔레포트를 내 것으로 완벽히 만들었다. 또한 마법의 결정을 담을 수 있는 그릇을 확장시키는 데 성공했다.

그래서 지금 내 안에 메모라이즈 되어 있는 마법은 직전에 시전한 공간 이동 마법을 제외하고 나면, 치료 마법 여섯 개와 공간이동 마법 세 개다. 여기에 추가로 5서클 마법 두 개를 더 담을 수 있는 그릇의 양이 남아있다.

그런 내 결과에 란테모스는 진심으로 경의를 표했지만, 사실 나는 만족스럽지 않았다.

그가 공간이동 마법을 익히는데 시간이 얼마나 걸렸는지는 내게 조금도 중요치 않기 때문이었다. 무엇보다도 란테모스는 드래곤 같은 초자연적인 존재를 적으로 둔 적이 없었다.

몇 개의 마법을 제외하면 대부분의 마법을 무공으로 대체할 수 있다. 단, 활용성이 전투에 국한된 마법에 한해서.

나는 마법을 그렇게 판단했다.

근거 없는 판단이 아니라, 그간 란테모스와 아할을 두고 실험한 결과다.

방식은 다르지만 결과만 놓고 본다면 대부분의 마법은 내외공(內外功)의 무공들로도 충분히 같은 결과들을 이끌어낼 수 있었다.

란테모스가 그렇게 자신 있어 했던 7 서클의 화염계 마법만 해도, 십이양공 '십성' 공력으로 시전한 천강혈마검법(天降血鬼劍法)의 화력을 약간 웃돌 뿐이었다. 즉, 치유마법과 공간이동 마법 외의 다른 마법들은 무용지물에 불과한 것들이었다.

하지만 나한테 그 두 개의 마법은 다른 마법 전부를 상쇄시킬 만한 효율을 지닌다. 아이러니하게도 전투 계열이 아닌 비(非) 전투 계열의 마법이 내 전력(戰力)을 증강시키는 것이다.

아직 화룡점정(畵龍點睛)이 남아 있다.

3 서클의 힐 핸드가 아니라 7 서클의 레스토레이션이라면? 팔다리가 잘려나가도 금방 재생되고 마는 그런 강력한 치유력이 겸해진다면?

스윽.

나는 공간에서 토해져 나왔다.

이제는 공간 이동 마법 직후에 느껴지는 공간의 압력이 제법 익숙했다.

바로 앞으로 높은 산과 끝없이 이어진 능선이 펼쳐졌다.

쉬매래 산맥은 듣던 것과는 달리 평범했다.

시체가 걸려 있지도 않았고 파헤쳐진 무덤도 없었다. 네크로맨서가 부리는 해골도 보이지 않았으며, 영혼을 앗아간다는 암흑 사제의 괴기한 웃음소리도 들리지 않았다.

일단은 주변의 기운을 탐색하면서 걸었다. 그러던 와중 삼인으로 구성된 한 일행과 마주쳤다.

소년과 그 소년을 업고 있는 덩치 큰 사내 그리고 이들의 짐꾼, 그렇게 삼인.

평민의 복장을 걸치고 있다고 해도, 꽤 적지 않은 기간 동안 고생한 흔적들이 보인다 해도, 오랜 세월 좋은 환경에서 숙식하고 수련해 온 자들만이 지닐 수 있는 특유의 분위기는 어쩔 수 없는 것이었다.

쉬매래 산맥의 악명에 대해 익히 알고 있던 나는 여기에서 탑외인이 아닌 다른 사람과 마주친 것이 신기했다.

정작 그들은 나와는 달리, 나를 두려워하는 기색이 역력하지만 말이다.

그들을 무시하고 지나치려던 찰나 나를 붙잡아 세우는 목소리가 들렸다.

"기, 기다려 주십시오."

산봉우리로 솟구칠까하다가, 고개만 살짝 끄덕여 보였다. 그 목소리가 정말 절박했었다.

그제야 짐꾼으로 꾸민 젊은 기사가 무척이나 조심스러운 자세로 내게 다가왔다.

나는 그가 그토록 조심스러워 하는 이유를 알 것 같았다.

이 산맥에는 네크로맨서나 흑마도사 혹은 암흑 사제 따위로 불리는 잔혹한 탑외인들이 숨어 있다. 나를 그들 중 하나로 오해해도 큰 무리는 아니었다.

지금 내가 걸치고 있는 것이 란테모스의 로브였다.

"나는 탑외인이 아니다."

마루스 공용어로 말했다.

내 억양이 이상한 것을 눈치챈 젊은 기사는 발걸음을 멈췄다.

그가 충분히 떨어진 곳, 방어 가능한 거리에서 입을 열었다. 탑외인이 아니라는 내 말을 믿지 않는 것 같았다.

"브로쉐부터 여기까지. 샤프리히터……님을 찾아왔습니다."

아무도 모르는 이름보다는 암흑 사제 샤프리히터(사형 집행인)라는 칭호로 더 잘 알려진 놈.

놈의 치유 마법에 때문에 사제라는 칭호가 붙었지만 실상은 마법사다.

성향은 악(惡).

나는 씩 웃었다.

나도 샤프리히터, 그놈 때문에 여기에 왔으니까.

기사가 간절한 표정으로 다시 말했다.

"쉬매래에 오른 지 사흘 만에 처음 뵙는 분입니다. 간곡히 부탁드립니다. 이래 보여도 충분한 사례를 지급할 수 있습니다."

이래서 인과율을 믿지 않을 수가 없다. 우연인 것처럼 보여도 필연일 수가 있고, 필연인 것처럼 느껴져도 우연에 불과한 때가 있다.

"네 공자인가?"

덩치 큰 사내의 등에 업혀 있는 소년을 턱으로 가리켰다.

기사가 그렇다고 대답했다.

"발을 잃었군."

두 기사의 귀공자는 두 발이 없었다.

그래서 샤프리히터를 찾는 것이다. 온갖 잔혹하고 악랄

한 행각들로 테드 번디 (Ted Bundy:미국의 연쇄살인마) 급의 악명을 지닌 악인일지라도.

"간곡히 부탁드립니다. 샤프리히터님이 계신 곳을 아신다면 들려주십시오. 저희들을 결코 흑탑의 사냥개들이 아닙니다."

"……놈이 너희들 덕을 보겠군. 놈의 팔을 잘라서 확인해 보려고 했었는데."

한쪽으로 흘러내린 소년의 텅 빈 바지를 바라보며 중얼거렸다.

"예?"

"기다려라. 나 또한 놈을 찾고 있으니."

뒤쪽으로 물러나라고 손짓했다. 기사는 영문 모를 얼굴로 시키는 대로 했다.

뜨거운 공력이 혈도를 타고 밀려 올라온다.

샤프리히터어어어어!

사자후가 터져 나왔다.

산맥 끝자락에 있어도 들을 수 있도록 극성의 공력을 그 음성에 담았다.

주변의 거목들이 당장에 꺾여질 듯 휘청거리는 가운데,

두 기사는 태풍이 이는 그 속에서 소년을 감싸 안은 채로
주저앉았다.

사자후가 쉬매래 산맥을 한차례 휩쓸고 지나가자 재미
있는 일이 벌어지기 시작했다.

기운들이 느껴진다. 이쪽으로 모이고 있다. 특히, 공간
의 일그러짐이 몇 군데에서 느껴졌다.

과연 이놈들 중에 있을까?"

수도로 허공을 그었다.

펄럭이는 로브 사이로 뻗건 검기(劍氣)가 사방으로 뻗
쳐 나갔다.

스스스슷.

검기가 그리는 붉은 호선(弧線)이 번뜩일 때마다 거목
들이 쿵쿵 옆으로 뒤로 넘어갔다.

거기에서 세 인형(人形)이 유령처럼 스르르 움직였다.
나무들이 쓰러지면서 하늘을 가렸던 나뭇잎들도 함께 사
라졌다. 어두침침했던 그늘이 순식간에 밀려나가고 햇볕
이 쏟아져 들어왔다.

그때 그들의 마법이 내 주위에서 펼쳐졌다.

악령의 손을 형상화한 검은 기운들이 땅속에서부터 구
불구불 올라오고, 전격(電擊) 계열의 대인 마법이 쏜살처
럼 날아들고, 바로 머리 위에서는 녹색 독운(毒雲)이 뭉게

뭉게 만들어졌다.

마법의 실현체는 어디까지나 대자연의 기운이 형용된 것이다.

피할 수 있다면 피하면 되지만, 피할 수 없는 것은 더 강한 기운으로 벨 수 있다.

나는 지풍(指風)으로 악령의 손을 끊으며 지면을 박쳤다.

찰나의 순간.

지지직!

전격 마법이 내 잔영을 꿰뚫고 지면을 때렸다. 독운은 나를 따라붙어 움직이지만 내 속도에 비해 너무 느렸다.

세 탑외인은 갑자기 앞에서 나타난 나를 향해 눈을 부릅떴다.

늦었어.

나는 그대로 날아가면서 한 손으로 허공을 쓸어 담았다.

그것들의 긴 머리카락이 손가락 사이마다 잡혔다. 한 번에 한 명씩, 총 세 명의 머리채를 휘어잡아 공력을 실어 내동댕이쳤다.

빠악!

큰 소리가 났다.

몸을 돌리며 스물한 개의 탄지(彈指)를 사방으로 연사하자, 외마디 비명 소리와 함께 사내와 여자들이 우수수 떨어져 내렸다.

나는 일어서려는 한 놈의 머리를 짓밟으며 그것들의 목 뒤를 살폈다. 한 놈의 목 뒤에서 마계의 신을 상징하는 문신을 찾았다.

이놈이다.

놈의 몸이 천천히 떠올라.

와직.

쫙 뼈진 손아귀 안으로 놈의 목이 잡혀 들어왔다.

"커억!"

"샤프리히터. 악인 중의 악인이지."

나는 기사 일행을 향해 놈을 잘 보이게 들어서 어색한 발음으로 말했다.

기사 일행은 정신이 반쯤 나가 있었다. 내 쪽으로 오라고 해도 듣질 않았다. 어쩔 수 없이 샤프리히터를 지면에 질질 끌고 걸어가다가 기사 일행 앞에 떨어트렸다.

그러고는 말했다.

"네놈이 그 '암흑 사제'라면 저 소년의 발을 다시 자라나게 할 수 있을 것이다."

놈이 처참하게 짓뭉개진 얼굴을 들었다. 광대가 심각하

게 함몰되어 있어도 놈의 얼굴엔 악인다운 독기가 흘러넘쳤다.

"네놈이 암흑 사제라는 것을 증명해 보여라. 그럼 살려 주지."

나는 보란 듯이 손을 휘저었다.

붉은 검기가 그어진 수도 방향으로 만월(彎月) 같은 곡선을 그리며 허공을 가르고 나자, 그사이에 숨어 들어온 것들이 또다시 떨어져 내렸다.

샤프리히터는 태연하게 굴려고 했다. 그러나 그의 눈빛으로 보건데, 내 손짓 한 번에 제 목숨이 달렸다는 것을 잘 알고 있었다.

"치료해라."

무겁게 깔리는 음성에 살기가 담겼다.

놈은 악에 받친 눈으로 나를 슬쩍 올려다보다가 시동어를 읊었다.

" Ρεςτωρατηων "

아주 순간이었다.

백색의 기운이 번뜩이기 무섭게, 소년의 빈 바지 사이로 다리가 솟아 나왔다. 소년은 바들바들 떨리는 손으로 제 발을 더듬었다. 소년의 작은 발가락들이 꿈틀거리는 것이 보기 좋았다.

"네놈이 맞군."

샤프리히터에게 말했다.

"누구냐 넌……."

하나의 마법을 익히는데 많은 시간과 노력이 드는 만큼, 이 세계 마법사들에게는 주력 마법과 부가 마법이라는 개념이 있다.

란테모스에게는 원소 마법이, 아할에게는 공간이동 마법이 주력 마법인 것처럼 놈의 주력 마법은 치유 마법이다.

지독한 악명에도 불구하고 놈의 치유 마법은 당대 제일로 꼽히고 있었다.

*   *   *

이 세계에서 역사의 분기점이 되었던 전쟁은 단연코, 성(星) 마루스와 성(星) 라이제 간의 행성 전쟁이라고 할 수 있다.

그때부터 많은 게 나뉘었다.

하나의 공동체처럼 여겨졌던 두 행성이 독립된 세계로 철저하게 분리되었고, 마탑(魔塔)은 오성탑과 오정국으로 나뉘었다.

그 전쟁의 무수히 많은 산물 중 하나가 바로 탑외인(塔

外人)이다.

탑외인은 본시 마탑 소속의 마법사들이었다. 그러나 그들은 오성탑과 오정국의 탄생 과정과는 달리 제대로 된 세력을 완성하지 못했고, 생존만을 위한 길을 걷게 되었다.

그들이 음험하고 어두운 마법을 다루게 된 시작은 역시나 생존을 위해서였을 것이다. 그러나 무수히 많은 세대가 흐른 지금에 와서 뿌리가 어땠는지는 조금도 중요한 일이 아니게 되었다.

작금에 이르러서 탑외인의 정의는 더욱 포괄적으로 다뤄지고 있었다.

'어떠한 마법 학파의 학적(學籍)에도 이름이 올라와 있지 않은 마법사'를 통칭하는 말이 되었다.

대게 그러한 자들이 윤리에 역행했다. 차마 생각하기도 어려운 잔혹한 일들을 죄의식 없이 저질러 왔다.

암흑 사제 샤프리히터는 그중에서도 유명한 탑외인이다.

그가 로이에 공국의 인젤 가(家)를 몰살시켰던 일화는, 어지간한 B급 호러 영화 스토리와 크게 다르지 않았다.

그래서 차라리 편했다.

인정사정 볼 것 없이, 놈을 짐승처럼 다룰 수 있으니까.

"으……으아아악."

두둑. 두두두두둑.

뼈마디가 바스러지는 소리가 놈의 은신처 안에서 쉴 새 없이 울렸다.

그래도 놈은 대마법사 급의 고위 마법사라고 반나절 넘게 지속된 분근착골(分筋搾骨) 이 단계에서도 의식이 붕괴되지 않고 용케 버티고 있었다. 의식의 깊이만큼은 박수 쳐줄 만했다.

죽음을 갈구하는 놈의 처절한 손짓을 지켜보다가, 놈의 어깨에서 손을 뗐다.

사지 관절이 꺾인 놈의 모습은 높은 곳에서 떨어트린 구체 인형과 다를 바 없었다. 피부가 막아 주고 있기에 조각 조각난 뼈와 짓뭉개고 끊긴 근육이 겉으로 흘러나오지 않을 뿐, 내부는 인간의 구실을 할 수 없을 정도로 분쇄(粉碎)되었다.

나는 놈을 그대로 두었다.

놈이 안간힘을 다해 입술을 열려고 하면 다시 놈의 어깨를 붙잡았다.

그러길 몇 번 반복했다. 그러자 놈은 씹다 버린 껌처럼 바닥에 눌어붙어서 숨만 헐떡거렸다.

짐승보다 못한 자에게 인권(人權)이란 가당치 않은 말

이다.

나는 청각마저 상실한 놈을 위해 말 대신 의념을 밀어 넣었다.

— 허락한다.

놈의 얼굴이 부르르 떨렸다.

"Pε……ςτωρα, τηων"

놈은 간신히 시동어를 내뱉는 데 성공했다.

난데없이 나타난 하얀 기운이 놈의 몸 안으로 스며들었다.

기형적으로 꺾였던 팔다리가 정상적으로 돌아오고, 실핏줄이 터져 핏물로 얼룩져 있던 놈의 안구도 본래의 기분 나쁜 빛을 되찾았다.

생각해 보면 놈에게 들었던 말은 처음의 '누구냐 넌…….' 이 전부였다.

그다음부터는 벙어리처럼 제 입을 봉해 버렸다. 바라는 것이 무엇이냐, 어디에서 왔느냐 따위의 질문 없이 기분 나쁜 눈으로만 나를 응시하기만 했다.

지금도 그랬다.

놈의 복부를 걷어찬 다음, 놈의 가슴을 짓밟았다.

이제야 놈은 어깨가 다시 붙잡히지 않은 것을 오히려 다행으로 여기는 기색이었다. 처음부터 이렇게 순조롭지 않았다. 놈은 란테모스보다 더 격하게 저항했었다. 그러나 나는 란테모스를 대할 때와는 달리 놈을 사람으로 보지 않았다.

발로 놈의 심장 부위를 짓눌렀다.

뚝.

또다시 놈의 갈비뼈가 부러지는 소리가 났다.

나는 고통에 일그러진 놈의 얼굴을 내려다보며 말했다.

"네놈에게 바라는 것은 치유 마법뿐이다. 네놈의 목숨 따윈 관심도 없지. 네놈이 택해라. 마법서냐 목숨이냐."

물론 마법서를 찾아보려고 시도하지 않은 것은 아니었다. 그러나 내가 찾은 것이라고는 인간의 장기를 가지고 더러운 장난을 한 결과물들뿐, 놈은 마법서를 잘도 숨겨 놓았다.

비록 악인 중의 악인의 것이라고 해도, 나는 놈이 주석을 달아 놓은 그 마법서가 필요했다.

그때 놈의 손끝이 방 안쪽을 가리켰다.

놈의 가슴에서 발을 떼자.

스윽.

놈이 귀신처럼 큰 몸을 일으켰다.

그런 다음 갈비뼈가 부러진 부위를 한 팔로 껴안으며 방 안으로 걸어 들어갔다.

놈은 뒤돌아본다든지, 주위를 환기시킬 만한 어떤 말을 던지는 것도 아니었다. 오로지 정면에 초점을 고정시키고 걸었는데, 나를 강렬하게 의식하고 있는 놈의 감정이 놈의 뒷모습에서 느껴졌다.

방 안에 마법으로 숨겨진 비밀의 방이 또 있었다. 놈이 그 방에 들어서며 어떤 마법 시동어를 읊었다.

우우웅.

천장과 바닥 그리고 사면(四面)에서 마법진의 형상이 떠올랐다.

나를 밀치는 기운이 거기에서부터 나왔다.

놈은 내 얼굴을 결코 잊지 않겠다는 식으로 나를 노려보다가 몸을 돌리고 있었다.

내가 어떤 마법에 막혀서 들어가지 못하는 찰나의 순간, 놈은 재빠르게 선반에 보물처럼 올려 있던 마법서를 품에 넣고 입술을 움직였다.

들리지는 않지만, 분명히 공간이동 마법의 시동어였다.

놈이 눈앞에서 사라진 바로 그때, 마검으로 나를 가로막고 있던 것을 베고 방 안으로 들어갔다.

나도 빠르게 읊었다.

"$T\varepsilon\lambda\varepsilon\pi o\rho\tau$"

나중에야 알게 된 것이었지만 옥제황월이 나를 따라 현실 세상으로 넘어올 수 있었던 이유는 공간을 이동할 때 생기는 잔류 현상 때문이었다.

기이한 압력이 쏠렸다가 사라진 순간, 놈의 뒷모습이 바로 내 앞에 나타났다. 구불구불 이어진 능선은 낯설지 않았다. 쉬매래 산맥 어디쯤인 것 같았다.

탓.

내 기척을 느낀 놈이 무인 같은 재빠른 몸놀림으로 풀쩍 뛰어오르려는 것을, 나는 놈의 어깨를 붙잡아 내 쪽으로 끌어당겼다.

놈이 뒤로 넘어지면서 경악한 얼굴을 내비쳤다. 동시에 놈의 입에서 새로운 시동어가 흘러나왔다. 하지만 놈의 마법은 발현되지 않았다. 마법의 결정이 대자연의 기운을 움직이기 전에, 내 손끝이 놈의 음성을 파고들었기 때문이다.

놈의 눈이 확 뒤집어 까졌다. 이 상황에서 마법 주문을 외울 리가 없으니, 놈은 결국 심연의 늪에 빠진 것이었다.

나는 놈이 가슴에 품고 있었던 마법서를 집어 들었다.

오래된 겉장에는 내가 찾고 있던 [Ρεςτωρατηων], 그 약문이 분명히 쓰여 있었다. 확인해 본 결과 내가 찾던 치유 마법서가 맞았다.

누락된 페이지가 없을 뿐만 아니라, 놈의 주석 외에도 지금껏 이 마법서가 거쳐 왔었던 전대, 전전대 마법사들의 주석까지도 세밀하게 적혀 있었다.

됐다.

나는 마법서를 품 안에 집어넣으며 심연에 빠진 악인을 내려다봤다.

가만히 내버려 둬도 산짐승이나 몬스터들의 먹이가 될 것이다. 하지만 스스로 심연에서 벗어났다는 마법사들의 이야기를 들은 적 있었다.

스슷.

검기 한 줄기가 놈의 목을 긋고 지나갔다.

얇은 절단선 밖으로 핏물이 주르륵 흘러나왔다.

* * *

7 서클 치유 마법서를 확보했다.

심장에 일곱 개의 고리를 쌓는 일이 남았으나, 크게 걱정되지 않았다.

지난 반년간 오로지 마법과 할라 수련에만 매진해 온 나다.

그 결과 한계까지 치달은 내공과 원기가 조화를 이루려면 아직은 요원(遙遠)하기만 하였으나, 서클을 생성하는 일이라면 말이 다르다.

서클은 촉매에 불과하다.

그 자체만으로는 아무런 효과가 없어서 시도하지 않았을 뿐이었지 만들지 못해서 안 하는 것이 아니었다.

침실로 돌아오자 우두커니 서 있던 엘라가 제일 먼저 눈에 들어왔다. 그녀가 돌아온 주인을 향한 강아지처럼 고개를 번쩍 들었다. 나를 기다리고 있었던 것 같았다.

"제 몸이 이상해요. 주인님."

그러는 정작, 목소리는 무척이나 밝았다.

나는 마법서부터 꺼내 목탁에 올려놓았다. 그런 다음 무엇이 이상하냐고 되물었다.

엘라는 대답보다 행동으로 보였다.

무릎을 잔뜩 굽혔다가 일순간 뛰어올랐다.

그녀의 몸이 쑥 치솟아올랐다.

그녀는 아치형으로 높게 들어가 있는 천장 끝의 구조물을 붙잡고는 원숭이처럼 대롱대롱 매달렸다. 그리고는 공중제비를 돌아 가볍게 착지해서, 사춘기 소녀처럼 배시시 웃었다.

아름다운 미소다.

한 사람이 나로 인해서 빛을 되찾았다는 것은 실로 기분 좋은 일이라고 생각했다.

"오래전부터 할 수 있는 일이었다. 네가 몰랐던 것뿐이지. 너는 많은 일을 할 수 있다."

"아……."

"그런 옷을 입고 있지 않아도. 앞으로는 아무도 네게 함부로 대하지 못할 것이다. 수련이 더해갈수록 더욱더."

내 말에 엘라는 시선을 내려트려, 그녀가 입고 있는 아름다운 드레스를 가만히 바라보았다. 나는 박수를 쳐서 엘라를 깨웠다.

그녀가 감상에서 벗어나 나를 향해 고개를 들었다.

"전부 벗고 침대에 누워라. 엘라. 시작하지."

"예. 주인님."

엘라는 병든 창부에서 절세가인으로 외모가 바뀌면서 성격도 함께 변했다. 음침하고 어두운 구석을 벗고 매사에 밝아졌다. 목소리에도 그런 성격이 담겨서 깨끗한 목소리가 듣기 좋았다.

엘라가 몸을 돌려서 옷을 한 꺼풀씩 벗기 시작했다.

그녀는 빠르게 나신이 되었다.

목선에서 어깨로 이어지는 아름다운 선이 허리를 타고 내려와 활처럼 휘어진다. 그러고는 풍만하게 부풀어 있는 엉덩이를 미끄러져 긴 다리로 쭉 뻗어 내려간다.

윤기마저 맴도는 그러한 뒷모습은 여명(黎明) 빛을 받으며 서 있는 사슴을 연상시켰다.

"엘라."

"예."

"오늘만큼은 그만하라고 하면, 결코 나를 건들어서는 아니 될 것이다. 명심하거라."

"명심하겠습니다. 주인님."

엘라가 침대 위를 기어오며 대답했다.

나는 다른 날보다 특히 원기(元氣)의 흐름에 집중했다.

성 에너지가 폭발해서 척추를 타고 올라오는 순간만을 기다렸다.

그리고 때가 왔다.

"그만."

엘라를 가볍게 밀쳐내며 가부좌를 틀었다.

스르르 접히는 시야 안으로 욕정(欲情)을 참으며 침대에서 기어나가는 엘라의 모습이 보였다.

눈이 감기고 세상이 까맣게 변했다. 그 순간 척추에서 시작되었던 성 에너지가 원기의 회전력으로 전환되었다. 중완의 할라를 팔만팔천 개의 할라가 움직이는 원동(原動)으로 두고, 마지막 서클 위로 원기의 흐름을 이동시켰다.

돌고 돈다. 빠르게 돌면서 궤도가 점점 고정되기 시작한다.

기존에 형성되어 있던 층 위로 또 다른 층이 생성되자마자, 원기는 그 위로 새로운 궤도를 다시 형성해 나갔다.

7 서클.

찬탈자, 색마(色魔) 따위로 불리면서도 침실에만 틀어박혀 있었던 인내의 결실이 여기에 있다.

*   *   *

"7 서클……."

란테모스는 큰 충격을 받았다.

"7 서클…… 이란 말씀이십니까?"

그의 마음을 이해하지 못하는 것도 아니어서, 나는 다시 한 번 짚고 넘어갔다.

"그것만으로는 어떤 것도 할 수 없지."

마법의 힘은 개인에게서 나오는 것이 아니라 대자연의 기운을 빌려오면서 생성된다. 그래서 대자연의 기운을 움직이는 매개체 자체는 촉매 혹은 열쇠 정도에 불과하다 할 수 있다.

우주의 기운을 인위적으로 내 안에 품을 수 있느냐 없느냐는 천지 차이인 것이다.

란테모스가 고개를 들었다.

"그렇게 말할 수 있는 사람은 오직 주.인.님. 뿐일 겁니다. 헌데 제게 그것을 밝히는 이유가 무엇입니까."

나는 대답 대신 샤프리히터의 마법서를 란테모스에게 보여줬다.

"욕심 많은 그 늙은이가 마법서를 내놓다니, 의외군요."

충격의 여파가 가시지 않은 란테모스는 마치 잠꼬대를 하듯이 말했다.

란테모스가 지칭한 '그 늙은이'는 분명 백탑의 주인일 것이다. 나는 짧은 코웃음과 함께 란테모스에게 마법서를 건넸다.

내가 고개를 끄덕여 보이자, 란테모스는 눈빛을 빛내며 마법서를 조심스럽게 펼쳤다.

7 서클 마법서는 마법사가 아닌 자들에게도 가치를 매길 수 없는 천고의 보물로 취급되지만, 마법사들 사이에서는 성스러운 신물 중에 신물이기 때문이다.

그의 고개가 번쩍 들려졌다. 얼굴은 기분 나쁜 놀라움으로 가득 차 있었다. 그가 펼친 마법서 초장은 주석자(註釋者) 명부로, 샤프리히터의 진짜 이름이 거기에 적혀 있었다.

그가 온갖 질문들이 가득 찬 눈으로 나를 쳐다봤다.

"소문이 사실이더군. 놈이 거기에 있었다. 그리고 놈이라면 신경 쓸 것 없다. 이제 더 이상은 이 세상 사람이 아니니까."

"혼자서 다녀……."

아마도 란테모스는 '혼자서 다녀오셨단 말씀이십니까?'라고 말하려 했던 것 같았다.

그러나 그는 말을 채 끝내기 전에, 그 질문이 얼마나 멍청한 질문인지를 깨닫고는 입을 다물었다. 그의 표정이 묘했다.

"주석들을 살펴 보거라."

란테모스는 마법서에 집중했다. 그는 7 서클 백마법을 완벽하게 이해하고, 후계(後繼)들을 위한 완벽한 안배를 남겨놓았던 탑외인의 비전에 놀란 감정을 숨기지 못했다.

그간 탑외인과 관련된 것이라면 무조건 폄하하던 란테모스였다. 샤프리히터의 마법서는 그만큼 완벽했다. 샤프리히터 뿐만 아니라 그 마법서를 소유했었던 전대(前代) 마법사들의 천재적 자질이 주석을 통해 고스란히 남겨져 있었다.

마법서를 쥔 란테모스의 두 손이 부들부들 떨렸다. 얼

굴도 마귀처럼 일그러졌다.

아마도 내가 관련되지 않았다면, 그는 그가 그토록 자부하는 7 서클의 화염계 마법을 샤프리히터의 마법서에 퍼부었을지도 모른다.

"너희들은 더 분발해야겠군."

내가 뇌까렸다.

구태여 따지자면 흑탑이 아니라 백탑이겠지만.

"이걸 익히실 겁니까?"

란테모스가 구겨진 얼굴로 마법서를 돌려주며 말했다.

"생각해 보거라. 내가 그걸 익히면 얼마나 강해질지."

란테모스는 잠시 멍해졌다.

"진심이셨군요. 다섯 신……을 사냥하시겠다는 그 말씀."

"7 서클 마법을 터득하는 데 얼마나 걸렸느냐?"

"서클을 이룩한 뒤로부터 15년입니다."

심장에 일곱 개의 고리를 만들고 7 서클 마법을 익힌 것 자체가, 이 세상에서는 천재 중의 천재라는 소리다. 그래서 마법사들 세계에서는 거기에 들인 시간이 중요치 않다.

예컨대 위대한 마법사라고 추앙받는 오성탑의 다섯 주인 중 하나인 백탑의 주인만 봐도, 지금 내 손에 들린 마법서와 동일한 마법서(물론 주석자는 다르다.)를 수십 년 전에 스승에게 물려받았으나 지금까지도 익히지 못했다고 알려져 있다.

"하지만 주.인.님.은 제가 2년에 걸쳐서 익힌 마법을 단 반년 만에 익히신 분이십니다."

그런 식으로 단순 계산을 하면.

약 3년 반.

잊지 말아야 할 것은 이 세상에 묶여 있던 시간이 벌써 반년을 훌쩍 넘어가고 있다는 사실이다. 중원과 현실 세상에 남겨둔 일이 너무도 신경 쓰인다. 너무나도 오래 두었다.

하지만!

주석이 훌륭한데다가 란테모스까지 혼심의 힘으로 조력한다면 생각보다 많은 기간을 단축할 수 있으리라.

모처럼 주먹에 힘이 들어간다.

"주석은 완벽하다."

"……."

란테모스는 침묵했다. 그것은 곧 긍정의 의미였다.

"그동안은 독학하였지만, 지금부터는 그대가 날 도와야겠다."

란테모스의 머리 위로 느낌표가 떠올랐다.

"그대에게도 득이 되는 일이다. 어쩌면 백탑의 주인조차 익히지 못한 치유 마법의 극의를 그대가 먼저 깨닫게 될지도 모르는 일이지."

란테모스는 말을 잇지 못했다.

"왜? 탑외인의 마법서를 본다는 것이 네게 모욕적인가?"

그럴 리가.

단언컨대 란테모스는 스승에게 물려받은 마법서와 흑탑 마법사들끼리 공유하는 마법서 외에는 다른 마법서를 볼 기회가 없었을 것이다.

지금 그에게 갑자기 찾아온 이 상황은 구도자(求道者)라면 누구나 바라는 기연(奇緣)이었다. 마다할 리가 없다.

한참 뒤.

"쉬매래 산맥에 다녀오셨다면, 다른 탑외인들은 어찌 되었습니까?"

란테모스가 물었다. 나는 그의 눈에서 반질거리는 빛을 읽었다.

"정작 욕심이 많은 건 그대였군. 란테모스. 그것들의 마법서가 궁금하다면 이 마법을 익힌 다음에 그대가 직접 가 보거라."

피식 웃으며 말했다.

"죽지 않는 대마법사가 되어서."

"죽지 않는⋯⋯."

란테모스의 눈에 감돌던 이채가 더욱 선명해졌다.

탑외인들은 은퇴할 때가 되면, 마법에 천재적 자질을 타고난 아이들을 찾아다녀 수단과 방법을 가리지 않고 납치한다. 그리고 그 아이들 중에서도 발군을 가려 일인전승(一人傳承) 혹은 소수만 남겨서 명맥을 이어 나가는 식이다.

중원에서도 사파 정파할 것 없이 그런 경우가 적지 않기에 특별한 이야기는 아니다.

하지만 탑외인들은 거의가 다 성향이 악(惡)이다.

란테모스의 이야기를 들어보면, 그들이 제자를 거둬들이는 것은 일종의 유희에 불과한 것 같았다.

그렇게 탑외인의 전승자가 된 아이 대부분이 반인륜적인 선별 과정에서 도덕성이 파괴된다. 죄의식이 없어진다.

세상은 오로지 그를 중심으로만 돌아가고, 그래서 탑외인의 전승자들은 하나같이 희대의 악마가 되어서 세상에 나타난다. 그리고 그들은 또 저와 같은 희생양을 찾아 좀비처럼 돌아다닌다.

그런데 문제는 그들이 천재 중의 천재라는 것이다.

그 증거가 바로 샤프리히터의 마법서다.

마법서의 주석자들이 주석으로 남긴 뛰어난 해석력에

서는, 그들이 세상에 저질렀던 잔혹한 일들을 찾아볼 수가 없다.

마법서만 놓고 보자면 위대한 철학자들의 발자취로만 보인다.

참으로 아이러니한 일이 아닐 수 없다.

당연하게도 우리는 샤프리히터의 마법서에 완전히 심취했다.

란테모스가 빠진 왕국 정계(政界)가 아할의 오정국 쪽으로 대번에 기울었다. 그러나 란테모스는 거기에 대해 눈 한 번 깜빡이지 않았다.

잠시나마 야망에 움직였던 그였지만, 그의 앞에 열린 광휘(光輝)에 탐구자 본연의 모습으로 돌아갔다.

왕국의 정사는 오정국의 뜻대로 흘러갈 수밖에 없었다.

이미 나로 인해서 한차례 숙청을 겪었던 정계였는데, 대규모의 숙청이 또 있었다.

대신들뿐만 아니라 관료들까지도 일거에 물갈이됐다. 정계에 깊숙이 들어왔던 오성탑의 고위 마법사들은 나와 란테모스를 탓하며 본래 그들의 자리로 돌아갔다. 그런데 그것을 주도한 것은 내가 아니라 아할과 그의 오정국이었다.

나는 조금도 정사에 관여하지 않았다. 오로지 침실과 란테모스의 서재에서만 틀어박혔다. 나를 부르는 별칭은 더욱 다양해졌다.

광증이 도진 황태자. 쓸데없이 날만 선 검. 색에 찌든 찬탈자. 제국의 도륙자.

그리고 대마법사의 꼭두각시.

별칭이 말해 주고 있듯, 아할은 바로 이러한 날만을 열망해 왔듯이 마루스 왕국을 제 입맛에 맞게 고쳐 나갔다.

제도, 정책, 외교, 시설 구축, 도시 계획 등등.

하나부터 열까지 모두 바꿔 나갔다.

그 과정에서 아할과 아할을 중심으로 개편된 내각(內閣)에서는 나를 단 한 번도 찾지 않았다. 그들 입장에서야 내가 지금처럼 색(色)과 공부만을 계속 탐하는 편이 나았다.

처음에야 하루하루 마음 졸였을 테지만, 꾸준히 학습되어 온 그들은 이제 태연한 마음으로 긁어 부스럼을 만들지 않았다.

그러다 보니 왕성뿐만 아니라 왕국 내(內) 그리고 번왕들의 독립국과 인근 연합국들에게까지도, 아할이 실질적인 마루스의 왕이라는 소문이 돌았다.

내가 황위를 찬탈하고 번왕들의 독립을 인정했던 일련의 사건 전부가 아할에 의해 계획된 것이라는 허황된 소문들조차도 기정사실로 받아들이고 있는 상황이었다.

내가 '그날' 보여 줬던 신위에 대한 소문 또한 빠르게 식었다. 내 신위를 다루는 노래보다도 아할과 관련된 노래들이 세간에 주를 이뤘다.

마루스 왕국은 하루하루 급변하고 있지만, 드래곤과 옥제황월은 이상하리만큼 조용했다.

흑천마검도 더 이상은 알람을 울리지 않았다. 자세히는 왕성이 되어 버린 황성을 차지한 이후로는 재촉 한 번 없었다.

내가 황좌를 차지했던 일이 적 진영에 어떤 변화를 준 것이 분명했다. 그것이 무엇인지는 추정만 할 수 있을 뿐 정확히 알 길은 없다. 그래도 내게는 무척이나 긍정적으로 작용한 것에 의의가 있었다.

그들은 마음을 합쳐야 했다.

분란의 원인이 무엇이든지 간에, 나를 제거하는 일을 일 순위로 둬야 했었다.

하지만 내게 시간을 줬다.

사실.

이제는 적 진영의 습격이 있다고 해도 문제 될 게 없었다.

나는 답을 찾았다.

결과만 낳으면 됐다.

그 과정이야 현실 세상에서도 이룰 수 있었다. 란테모스의 조력을 받지 못해서 시간이 더 소비될지라도 말이다.

란테모스에게는 죽지 않는 대마법사가 되라고 말했지만 실은 내게 한 말이었다. 언젠가, 나는 죽지 않는 무림 지존이 될 것이다.

그렇게 시간은 또다시 흘러가고 있었다.

제2장

지열과 검흔

날이 어두워졌다.

근방을 샅샅이 뒤지고 다녔지만 이번에도 그것들의 흔적을 조금도 찾을 수 없었다.

흑천마검은 언제나처럼 드래곤의 신묘한 재주에 투덜댔다. 이쯤 되니 일부러 나를 골탕먹이려 드는 게 아닐까 하는 의심마저 들었다.

— 그래. 잘 생각했다. 벌써 돌아가기엔 이르지.

녀석이 땔나무를 모으는 나를 보며 말했다.

이번까지 합하면 녀석 때문에 다섯 번이나 헛수고를 하는 셈이다. 그래도 꼴에 미안한 마음은 들었던 것인지, 전처럼 되레 신경질을 부리지 않고 있었다.

"차라리 란테모스에게 맡기는 게 낫겠군. 이번에도 틀린다면 그에게 맡길 거다. 그때 가서 방해하지 마라."

내가 그렇게 중얼거려도, 흑천마검은 성질 내지 않는 것이었다.

땔나무에 불을 일으키며 흑천마검을 올려다봤다.

이제는 저 하얀 얼굴만 봐도 녀석의 감정을 느낄 수 있는 지경에 이르렀다. 녀석은 연속된 추적의 실패에 자존심이 무너질 대로 무너져 있었다. 그리고 다섯 번째 실패가 거의 확정된 지금에 이르러서는 모든 책임을 내게 전가하지 않고, 제 능력이 부족한 것을 수긍하고 있었다.

"그런데 이 상황이 얼마나 웃기냐. 습격을 받았던 건 바로 우리였는데, 이젠 그놈들이 쥐새끼처럼 숨어서 나타나질 않다니."

나는 분위기를 환기시킬 겸 그렇게 말했다.

"정말 아무것도 아는 바가 없는 건가?"

흑천마검은 짜증이 가득한 눈으로 나를 스윽 내려보다가 고개를 저었다.

"반신(半神)의 더듬이가 제대로 힘을 잃었군. 크큭."

— 상대는 인과율의 조각이다. 인과율. 그리고 이 몸은 불완전하지.

나는 웃음을 삼켰다. 저번까지만 해도 모두 내 탓으로 돌렸던 녀석이었는데, 의기소침해진 흑천마검의 모습이 실로 신선했다.

그런 흑천마검의 상태에 즐거웠던 것도 잠시뿐이었다. 허투루 돌아간 소중한 시간들이 또 생각나기 시작했다. 산과 들 그리고 호수들을 뒤지며 성(星) 마루스 안의 여러 왕국들을 떠돌아다녔다. 그 시간들을 모두 합치면 석 달이 넘을 것이다.

나는 허기를 달랠 마음으로 모닥불 앞에 엉덩이를 깔고 앉았다. 역시나 흑천마검은 나를 닦달하지 않고, 지금까지의 실패를 만회하고야 말겠다는 얼굴을 비친 다음에 하늘로 날아갔다.

육포와 음료수로 허기를 달랠 때쯤.

성(星) 라이제가 태양과 함께 사라졌다. 그것들의 밝은 빛에 감춰져 있던 달이 모습을 드러냈다.

일부러 시간을 내는 것보다는 시간이 생길 때마다 빈 마법을 채워두는 편이 낫다. 가죽 가방을 열자 낡은 냄새가 확 번졌다.

마법서 한 권을 꺼내 달빛을 조명 삼아 거기에 빼곡하게 적힌 마법 주문들을 눈으로 훑었다. 15만 자나 되는 마법 주문이지만, 매번 같은 실수를 범하는 부분만 재확인한 다음에 집어넣었기 때문에 그리 오랜 시간이 걸리지 않았다.

사십 여분.

공간이동 마법 하나의 메모라이즈 작업을 끝냈을 때, 주위의 암흑에서 번뜩이는 눈알들이 보였다. 산짐승의 것이라고 하기에는 그 눈알들이 위치한 자리들이 높았다.

몬스터 따위가!

살기를 퍼트렸다. 그러자 수풀들이 움직이는 소리가 바삐 나면서, 나를 노려보고 있던 눈알들이 빠르게 사라졌다.

흑천마검은 아직도 돌아오지 않았다. 녀석이 마지막에 비췄던 얼굴을 미뤄 생각했을 때, 적지 않은 시간이 걸릴 것 같았다.

혼자 돌아다니다가 놈들에게 먼저 발각되지는 말아야 할 텐데…….

그러던 문득 멀리서 다가오는 기척이 느껴졌다. 그것들은 정확히 내 쪽을 향해 다가오고 있었다. 자리를 옮길까도 생각했었는데, 몬스터가 우글거리는 이 산에서 돌아다니는 인사라면 그들에게 어떤 힌트를 얻을 수 있지 않을까 하는 기대감이 들었다. 가만히 앉아서 그들을 기다렸다.

그들 일곱이 다 같이 어둠을 뚫고서 모습을 드러냈다.

그중에 한 명은 마법사였다. 우리는 모닥불을 사이에 두고 서로를 쳐다봤다.

그쪽에서 먼저 목소리가 들려왔다.

"다가가도 되겠습니까?"

정작 그러면서도 그들부터가 나를 경계하고 있었다.

몬스터가 출몰하는 산속에서 홀로 야영하고 있는 자는 둘 중 하나였다. 그만큼 강한 자거나 죽고 싶어 환장한 자 거나.

거기다 나는 언제나처럼 란테모스의 흑색 로브를 걸치고 있었다. 란테모스의 흑색 로브는 이 세상에서 와서 가장 즐겨 입는 의복이었다.

"감사합니다. 마법사님."

그러면서 사내는 일행 중에 속한 마법사에게 고개를 끄덕여 보였다.

"아르헤의 오노레입니다."

마법사가 얼굴을 가렸던 후드를 걷으며 다가왔다. 이십 대 초중반의 젊은 남자였다. 그러는 사이 그의 다른 일행들은 주위로 산개(散開)해 사라졌다.

오성탑과 오정국이 마법 세계의 주류인 것은 분명하지만, 마치 산하 기관처럼 그 두 개 학파에 속한 소규모의 학파들이 존재한다. 아르헤 학파도 그중에 하나였는데, 젊은 마법사가 나에 대한 경계를 쉽게 푸는 걸로 봐서는 아르헤 학파가 오정국이 아닌 오성탑 산하인 모양이었다.

"용건이?"

나도 예의는 차렸다. 후드를 걷고 얼굴을 비쳤다.

오노레는 그처럼 젊은 내 얼굴에 깜짝 놀라서 눈을 깜빡깜빡거렸다.

"큼. 큼."

오노레가 헛기침을 하면서 불쾌한 기분을 드러냈다. 또래에 불과한 내가 하대를 했기 때문이고, 그 이면에는 아르헤와 오성탑의 보이지 않는 수직 관계도 포함되어 있었을 것이다.

나는 내 실수를 인정하고 자리에서 일어났다. 그러고는 제대로 인사했다.

"정이다. 서로 존대할 필요는 없을 것 같군."

특이한 이름. 그리고 순혈 마르스인답지 않은 내 얼굴에 그의 고개가 살짝 갸웃거려졌다. 그러나 빠르게 그의 얼굴에 환한 빛이 물들었다.

그 또한 아르헤와 오성탑의 관계 때문.

오성탑의 마법사들은 산하 학파의 마법사들을 동급으로 대하지 않았지만 나는 그렇지 않았기 때문이다.

"배려에는 진심으로 감사합니다. 정. 하지만 저는 이게 편합니다. 흑탑에 계십니까?"

이미 그렇게 확신하고 있으면서도, 그가 다시 확인했다. 하지만 나는 대답하지 않았다. 이번에도 그는 그러려니 넘어갔다.

"그럼 혹시……."

그가 다시 물었다. 나는 거기에 대해서만큼은 고개를 저어 보였다.

"아. 다행입니다. 잔혹한 탑외인이 여기에 숨어 있다면 생각할 게 많아지거든요."

오성탑에서 흑탑이 주관하고 있는 일 중 하나가 탑외인 척살이다.

"피차 목적이 같은 것 같으니 시간 낭비는 없었으면 좋겠군. 하나씩 주고받기로 하지."

내가 말했다.

"괜찮으신가요?"

오로레는 순진한 얼굴로 뒷머리를 긁적였다.

그 모습에 오늘의 흑천마검 다음으로 신선한 느낌을 받았다. 지금까지 봐 왔던 마법사들은 하나같이 성미가 괴팍하고 잔인했다. 물론 오로레처럼 젊은 마법사와 마주친 적은 이번이 처음이었지만.

"무엇이?"

"아무래도 우리 임무가 겹치는 것 같거든요."

"그쪽의 임무는 뭐지?"

"그게……."

오로레가 망설이다가, 큰 결심을 했다는 듯이 입술을 질끈 깨물었다.

"흑탑의 마법사께 무엇을 감추겠습니까. 도움을 받았으면 받았지, 안 그렇습니까? 사실 저희들은 이 산에서 벌어지는 이상 현상을 조사하러 나왔습니다."

"이상 현상?"

"……."

오로레가 나를 빤히 쳐다봤다. 내가 모르는 척하는 것인지, 진정 모르고 있는 것인지 생각하는 것 같았다.

"그만하고 가보는 게 좋겠군."

나는 숲 한구석을 가리켰다.

"예?"

그때였다.

"으악!"

한 박자 늦게 비명이 터졌다.

오로레의 고개가 그쪽으로 확 돌아갔다. 그는 잠깐 망설이는가 싶더니, 소리가 난 방향을 향해 뛰어갔다.

나는 오로레가 어둠 속으로 사라지는 것을 지켜보다가 모닥불 앞에 앉았다. 내가 신경 쓸 일이 아니라고 생각했었지만 역시 아니다. 천천히 몸을 일으켰다.

그곳은 오로레가 밝힌 마법의 빛으로 환해져 있었다. 비명을 질렀던 것으로 추정되는 사내는 제 팔을 둘둘 묶은 끈을 입에 물어 강하게 잡아당기고 있었고, 몬스터의 녹색 피가 현대 미술 작품처럼 군데군데 흩뿌려져 있었다.

사내 옆에서 안절부절못하고 있던 오로레가 나를 발견하고 다급하게 물었다.

"해독 마법을 익히셨나요?"

사내 또한 고통에 신음하면서도 간절한 눈으로 나를 쳐다봤다.

내가 고개를 젓자.

"으아악."

사내는 비명을 질렀고, 오로레의 눈에는 절망이 더욱 깃들었다.

산개했었던 오로레의 일행들이 속속 모여든 것도 그 무렵이었다.

"무슨 일이야!"

누구의 물음에, 오로레는 바트가 게브륄에게 당한 것 같다고 빠르게 대답했다.

모두가 탄식의 소리를 냈다. 그럴 수밖에 없게도 게브릴은 독을 지닌 몬스터 중에서도 극악으로 손꼽힌다. 바닥에 굴러다니고 있는 빈 포션 병이 말해 주고 있듯, 오로레는 내게 해독 마법을 익혔냐고 물을 필요가 없었다. 게브릴의 독은 어지간한 포션과 마법으로는 어찌할 수 있는 게 아니다.

살아남기 위한 방법은 하나뿐, 이들도 그 방법을 잘 알고 있었다.

하지만 그마저도 도박에 불과하다.

"회복 마법은 준비되어 있습니까? 빨리요!"

눈썹이 짙은 사내가 오로레에게 물었다. 그러는 동안 다른 일행들은 고통과 신음하는 사내에게 달라붙어 있었다.

"예. 하지만……."

오로레가 말을 흐리면서 고개를 설레설레 저었다. 그러고는 나를 쳐다봤다.

"시간이 없습니다! 둘은 망을 보고, 둘은 꽉 붙잡고 있어!"

사내는 시퍼렇게 날이 선 검을 양손에 움켜쥐고 성큼성큼 걸어갔다. 다른 일행은 독이 중독된 남자의 입에 제 셔츠를 찢어서 구겨 넣으며, 모두 잘 해결될 거라고 남자를 안심시켰다.

남자는 부릅뜬 눈으로 구겨진 셔츠를 악물고, 제 팔 위에서 치켜들어진 검을 노려보았다. 검이 빠르게 떨어졌다.

"읍! 읍!"

검이 남자의 팔을 베고 지나갔다. 잘려진 남자의 팔이 지면으로 뚝 떨어졌다. 절단면에서 뻘건 선혈을 분수처럼 뿜어냈다가, 핏물들을 쉴 새 없이 흘려보내기 시작했다.

모두의 다급한 눈이 오로레에게 쏠렸다.

"$H\varepsilon\alpha\lambda\ H\alpha\nu\delta$!"

오로레가 하얀빛이 감도는 두 손을 남자의 절단면에 올렸다. 피는 멎는 듯했다.

그러나 3 서클의 치유 마법으로는 역시나 역부족이었다. 젊은 나이에 3 서클 마법을 터득했다는 것에 감탄한 것도 잠시뿐, 또다시 남자의 팔에서 피가 줄줄 새어 나왔다.

오로레가 실패를 인정하며 뒤로 물러나자, 사내들은 가방에서 지혈제로 추정되는 분말을 꺼내 제 셔츠들에 뿌리고 그것으로 남자의 팔을 감쌌다. 모두 최선을 다했다. 그럼에도 불구하고 이를 비웃기라도 하듯, 남자의 팔을 감쌌던 천은 피를 흡수할 수 있는 한도를 넘어 그 사이사이로 뻘건 눈물들을 뚝뚝 흘려대고 있었다.

"미안……하네……."

사내가 하얗게 질려가는 남자의 얼굴에 대고 참담하게

말했다. 그것은 사형 선고였다.

나는 이맛살을 구기며 그들에게 가까이 다가갔다.

슬픔에 빠져 내가 다가온 것을 누구도 느끼지 못할 무렵, 내 입에서 기묘한 언어 한 줄기가 흘러나왔다.

"Ρεςτωρατηων"

남자의 팔뿐만 아니라 전신으로, 찬란한 백색의 기운이 스며들었다.

뼈가 먼저 자랐다.

그다음에 척수에서 빠져나온 경추신경과 흉추신경이 가닥가닥 이어졌으며, 혈관과 근육 순으로 빠르게 붙었다.

마지막으로 깨끗한 피부가 그 위를 덮었다.

지극히 짧은 시간이었지만 볼 수 있었다.

팔이 순식간에 재생됐다.

모두가 넋을 잃고 있는 가운데, 남자는 그를 붙잡고 있던 두 사내를 뿌리치며 입에 물고 있던 천 뭉치를 뱉어 냈다.

타액과 피로 범벅이 된 천 뭉치가 떨어진 바로 그 옆으로는 바로 직전에 잘려졌던 남자의 팔이 떨어져 있었다.

"어……어떻게…….."

남자는 다시 자라난 팔로 그 팔을 집어 들었다. 남자를 포함한 전부는 그 비현실적인 광경 안에서 눈만 깜박거렸다.

시간이 멈춘 것만 같았던 기적의 순간이 지났다. 나를 발견한 오로레가 대장 격의 사내와 함께 조용히 뒤편으로 물러났다.

그들의 소리 죽인 대화 소리가 들려왔다.

"마냥 기뻐할 일만은 아닙니다. 아시잖아요. 대마법사의 마법이 어떤 것인지…… 그분들의 변덕이 어떤 것인지……."

"틀림없지요? 그런데 그자가 대마법사라고 하기에는 너무."

"젊어 보인다고요?"

"그렇습니다."

"그건 저도 설명할 수 없어요."

"그럼 누군지는 아십니까? 대화를 나누셨지요?"

"뵌 적이 없던 분입니다."

"탑외인은 아니겠지요?"

"그렇다면 각오해야겠죠. 하지만 보셨잖아요. 대마법입니다. 우리가 어떻게 넘볼 수 있는 그런 경지가 아니에요. 섣불리 뭘 하려 하지 마세요."

"그럼 이제 어떻게 하면 좋겠습니까? 정체가 무엇이든지 간에, 우리에게 대가를 요구할 겁니다."

"어떤 요구든 절대 저분의 심기를 거스르지 말아야 해요. 명심하세요. 대마법사의 변덕은 재앙보다 무섭습니다."

"저희들은 최대한 말을 삼가겠습니다. 그러니 마법사님께서."

"그러세요. 제가 응대할게요."

"하지만 잊지 마십시오. 마법사님. 임무가 우선입니다."

그 둘이 쓸데없는 일로 고민하고 있는 동안, 내가 치료해 주었던 사내가 다가왔다. 그는 다짜고짜 바닥에 엎드려서 내 발등에 입을 맞췄다. 그런 다음 나를 올려다보며 말했다.

"마법사님께 목숨을 빚졌습니다. 저는 바트라고 합니다."

그때 오로레를 포함한 전 인원이 내 주위로 몰려들었다.

그들은 각각 제 이름들을 밝히면서 내가 베풀었던 선의에 대해 감사의 인사를 전했다. 나는 고개를 끄덕인 연후에 오로레에게 따라오라는 눈빛을 보냈다.

오로레는 잔뜩 긴장하고 있었다. 그런 내색을 보이지 않으려고 무던히 애를 쓰는 것 같다만, 내게는 너무나도 잘 보였다.

오로레의 일행들이 팔이 잘렸던 사내를 껴안고 그의 어깨를 토닥이고 있는 동안, 우리는 어둠 속으로 들어갔다.

"마법사님…… 어떻게 감사를 드려야 할지 모르겠습니다. 대(大) 마법에 가치를 따질 수 없음을 알고 있기에, 더욱 그렇습니다."

오로레의 목소리는 그가 어쩔 수 없게도 떨리고 있었다.

대마법사라고 하여도, 인간의 삶은 유한하기 때문에 그들이 최고로 여기는 가치는 결국 '시간'이다. 그들이 더 큰 명예와 부 그리고 경지의 한계에 부딪치는 이유는 전부 같다.

심지어 이 세상의 전설적인 극(極) 마법사 아시오조차도 마지막으로 남긴 말이 '시간만 더 있었더라면.', 이라지 않았던가.

7 서클 대 마법을 시전하거나 메모라이즈하는 데 걸리는 시간은 3시간. 하루하루, 내일을 종잡을 수 없는 노령의 대마법사들에게 3시간은 천금과도 바꿀 수 없는 생명의 일부분일 것이다.

안면도 없던 낯선 이를 위해 유한한 수명을 소비한다?

단언컨대 그런 대마법사는 없다.

마법사인 오로레는 누구보다도 그 사실을 잘 알고 있을 수밖에 없었다.

하지만 나는 짧게 웃었다.

"대 마법의 가치라."

나는 노령의 나이가 아니거니와, 마법의 탐구자도 아니다.

3시간을 다시 들여서 메모라이즈해야 한다는 것이 짜증스럽다고는 해도, 내 존엄성이 마법에 있지 않은 것은 자명한 사실이었다.

"신경 쓰지 마라."

보지 않았으면 모를까, 봤으면서도 방관할 정도로 내 인성은 무정하지 않다.

"감히 어떻게 그럴 수 있겠습니까."

극진하게 고개를 숙이는 오로레의 모습에서 대마법사의 변덕을 염려하는 그의 또 다른 감정이 느껴졌다.

"그만."

단호하게 일갈했다. 오로레는 양손을 포갠 채로 조용히 있었다.

"이상 현상을 조사하러 왔다지?"

"예."

"그 이상 현상이 무엇이냐?"

"강력한 지열(地熱), 몬스터의 광분 현상, 굉음(轟音), 기존에 전례가 없던 이상 현상들이 자주 보고되고 있었습니다."

오로레가 즉각 대답했다.

"그래서 원인은 찾았는가?"

"아직입니다."

"마법의 대가를 치르고 싶겠지?"

"예."

"앞장서라. 강력한 지열이 발견되었다는 곳이 보고 싶군. 지금."

*　　　*　　　*

투리스 왕국에서 파견된 이 조사단은 란테모스가 속했던 성(星) 라이제의 체이스 왕국 조사단에 비하면 규모가 협소했다.

그때는 두 개 기사단에 무위가 출중한 두 공작이 있었고, 오성탑의 주인 중 한 명인 대마법사까지 동참해 있었다. 반면에 이쪽은 작위가 없는 레인저 여섯과 젊은 3 서클 마법사가 전부. 왕국과 마법 세계에서 이 산의 이상 현상에 큰 관심을 보이지 않고 있음을 대변하는 결과였다.

그런데 목적지에 이르렀을 때, 나는 왕국과 마법 세계가 잘못 판단했다고 확신했다.

지면의 지열을 손바닥으로 느끼며 밤하늘을 올려다봤다.

여전히 흑천마검은 보이지 않았다.

지금쯤 돌아와야 하는데…….

손바닥에 묻은 흙을 털면서 몸을 일으켰다. 모두가 내게 집중해 있는 상태였다.

"파보았을 텐데?"

나는 땅을 가리키며 말했다.

"이쪽입니다."

우리는 그렇게 멀리 떨어지지 않은 곳으로 이동했다. 십수 미터를 깊게 파 놓은 구덩이 앞에서 오로레가 민망한 얼굴로 말했다.

"이 지점의 지열이 가장 높았습니다. 파볼 수 있는 만큼 파보았지만 발견된 것은 없었습니다. 아, 당시의 표본이…….”

오로레는 조사단의 통솔자인 팍스에게 서둘러 손짓했다. 짐 꾸러미를 뒤적이는 그를 향해 필요 없다고 말한 후에 구덩이 안으로 뛰어내렸다. 구덩이로 들어가고 나자 잡힐 듯 말 듯 아련했던 기운의 실체가 보다 확실해졌다.

확실히 이 밑쪽 깊은 곳에 뭔가가 있거나 혹은 무슨 일이 일어났었다.

그러나 아직 기대하긴 이르다. 일전에도 이런 적이 있었다. 그때는 지하 깊숙한 곳이 아닌 산 중이었고, 수세대전의 탑외인들의 거대한 아지트가 숨겨져 있었다.

그곳은 던전 사냥꾼들이 평생을 다 바쳐 찾아 헤매던 곳 중의 하나였지만 내게는 아무런 의미가 없었다. 그곳의 보물들은 마루스 왕성의 보물 창고에 가득한 것들에 비하면 조족지혈에 불과했었고, 유물들 또한 내게는 필요 없는 이 세상의 역사적 의미만을 담고 있는 것들뿐이었다.

이번에는 어떨까.

우우웅.

공력을 끌어 올렸다. 금세 피어오른 붉은 아지랑이가 전신의 선을 따라서 꿈틀거렸다. 손바닥을 확 펴자 강력한 공력이 벼락과 같은 빛을 번뜩이며 팔 전체를 휘어 감았다.

"멀리 떨어져라."

이쪽 구덩이 안을 내려다보고 있는 이들에게 뇌까렸다.

그들은 하나같이 경악해서 입을 쩍 벌리고 있었다. 제일 먼저 정신을 차린 오로레였다. 그가 조사단의 수장인 파스투스의 옷깃을 잡아당겼다. 그다음에 파스투스가 모두를 향해 소리쳤고, 이쪽을 향해 있던 얼굴들이 황급히 사라졌다.

쾅!

내 일장(一掌)이 지면에 작렬했다. 천지를 개벽할 우레

와 같은 소리와 함께, 사방에서 터진 흙먼지들이 내 전신으로 쏟아져 들어왔다. 그러면서 몸이 아래로 쑥 꺼지는 게 느껴졌다.

발아래로 시추(試錐) 굴착 드릴이 뚫고 지나간 것 같은 깊은 통로가 만들어졌고, 지하에서 지하로 떨어지기 시작했다.

산을 수직으로 꿰뚫어 지평면 저 아래까지 계속된 어둠의 끝.

이윽고 위에서부터 무너져 내린 흙무더기 안으로 파고들었다. 나는 그것들을 일거(一擧)에 모두 날려 버렸다.

쌓였던 흙과 쪼개진 암석들이 파도처럼 사방으로 퍼져 나갔다. 뿌연 흙먼지가 피어올랐다. 그것들마저 기풍으로 날려 버리자 신선한 공기가 확 들어오는 것이었다.

"흠!"

거대한 공간 안이었다.

어마어마한 흙과 암석 파편들 때문에 난리가 나서 그렇지, 본래 모습을 떠올려 보면 상당히 정갈하게 만들어진 곳으로 추정됐다.

당장 보이는 규모만 봐도 전설 속에나 나올 법한 지하 왕국이 있어도 전혀 이상할 것이 없어 보였다. 감명을 받았다. 가스층을 염려해야 할 만큼 지면 깊숙한 위치에 이러한 인위적인 구조물이 존재한다는 사실에 말이다. 핵이 떨어져도 이곳에서만큼은 안전하리라.

그때.

위에서부터 파스투스를 안은 오로레가 뚫린 구멍에서 천천히 낙하했다.

오로레는 파스투스를 내려놓자마자, 주저앉아서 가쁜 숨을 내쉬었다. 한편 파스투스는 마지막에 보였던 그 경악스러운 표정으로 주위를 두리번거렸다. 그러다 나와 눈이 마주쳐서 황급히 고개를 숙였다.

"마법사님께 결코 방해되지 않겠습니다. 저희가 임무를 마칠 수 있도록 부디 양해해 주십시오."

파스투스가 그렇게 말하면서 오로레를 부축해 일으켰다.

오로레는 뭔가 말하려다가 입을 다물었다. 겁먹은 표정이 너무도 잘 보였다. 보아하니 조사단의 수장인 파스투스가 채근해서 어쩔 수 없이 나를 따라온 것 같았다.

나는 파스투스에게 성큼성큼 걸어가 녀석의 목을 쥐었다. 파스투스는 본능적으로 한 손으로는 내 손목을 붙잡고 다른 한 손으로는 제 허리띠에 매달린 검을 찾아 더듬거렸다.

"컥, 커…… 커……."

그러나 약간의 힘을 더 주자, 녀석의 두 팔이 힘없이 떨어졌다. 그의 안색이 바로 새파래졌다. 오로레는 녀석을 살려달라고 간청했다.

"흥!"

나는 녀석을 바닥에 내팽개친 후에, 녀석의 얼굴 바로 옆의 땅을 발로 내리찍었다. 녀석이 눈을 질끈 감은 채로 온몸을 부들부들 떨었다.

"운 좋은 줄 알 거라."

내가 아니라 다른 대마법사였다면, 녀석은 결코 목숨을 보전하지 못했을 것이다.

녀석을 점혈하는 것으로 신경을 끄기로 하고, 오로레의 이름을 불렀다.

"예. 옛!"

"보면 알겠지. 여기는 그동안 네가 보아 왔던 곳과는 다르다."

"대체 여기는."

"탐지 마법은 익혔겠지?"

"예……."

"따라오고 싶다면 따라와도 좋다. 하지만 네 목숨은 네가 챙겨야 할 것이다. 운이 좋으면 놈들을 발견할지도 모르지."

끝없이 펼쳐진 텅 빈 공간이 불길하다.

하지만 그 불길한 기분이야말로 그간 고대해 왔던 감정
이 아니었던가.

＊　　　　＊　　　　＊

우리는 걷고 또 걸었다.

천장은 하늘처럼 높고 전방으로는 끝이 보이지 않았다.

마치 지하 세계처럼, 거대하게 이뤄놓은 공간에는 심지
어 지지대조차 없었다. 무너지지 않고 있는 게 비현실적
이다. 오로레 또한 기존의 물리 법칙이 적용되지 않는 이
지하 공간의 정체를 궁금해 하면서, 흥분이 가득 찬 눈으
로 주위를 두리번거렸다.

"이런 건 본 적도, 들은 적도 없습니다."

오로레는 나를 두려워했다. 내가 단순한 대마법사가 아
니라는 것쯤은 진즉에 눈치챈 것 같았다. 그래도 좀처럼
참을 수 없었던 모양인지 우물쭈물하다가 용기를 내서 입
을 열었다.

"지하 깊숙한 곳에 이리도 기이한 세상이 펼쳐져 있다
니요. 언제 어떻게 만들어진 것일까요?"

오로레는 이번에도 버릇처럼 뒷머리를 긁적거렸다. 이
십 대 초반에 3 서클을 이룩했으면서도, 더욱이 그의 주

력 마법은 직전에 보여 줬던 회복 마법이 아닐 것이다. 그리도 뛰어난 재능과 성취가 있었음에도 불구하고, 그는 그가 이룬 경지에 비해 순수함을 간직한 청년으로 보였다.

"어떻게가 아니라 누가."

"예?"

"누가 만든 것일까."

"아."

"내가 떠올리고 있는 놈들이라면, 각오를 하는 게 좋을 것이다. 지금이라도 늦지 않았으니 돌아가려면 지금 돌아가라. 진심으로 충고하는 바다."

"제 목숨은 제가 챙기겠습니다. 그리고 사실은 돌아가고 싶어도 돌아갈 수가 없습니다. 내려올 수는 있었지만…… 출구가 있을까요?"

"있을까?"

"저……."

오로레는 내가 쫓고 있는 자들이 누구인지 끝내 묻지 못하고 입을 다물었다. 내가 피식 웃자 오로레도 심각한 얼굴 위로 어색한 미소를 지었다. 그러면서 안도하는 것 같아 보이기도 했다.

나는 오로레가 마음에 들었다. 그의 선량한 인상이 한

몫하고 있는 게 사실이었지만, 나는 그의 성품이 마음에 들었다. 느낄 수 있었다. 비단 내 앞에서 뿐만 아니라 어떤 사람들을 만나든 항상 그 사람을 존중하면서 시작할 것이다. 이런 사람은 만나기 쉽지 않다.

그래서 동시에 씁쓸한 마음도 들었다. 이자도 나이를 먹으면서 다른 대마법사들처럼 변하고 말 테니까. 때로는 욕망에 의해서, 때로는 본인이 무엇을 할 수 있는지 인식하면서.

"허락하신다면 주변을 조사해 보고 싶습니다. 무엇이든 찾아야……."

나는 별 기대를 하지 않고 고개를 끄덕였다.

그의 눈이 확 뒤집어 까졌다.

검은 동공 없이 흰자위만 섬뜩하게 번질거린 것이, 선량했던 분위기가 싹 지워졌다. 그는 그렇게 오 분여가량 탐지 마법 주문을 외웠다.

"생명 반응은 없습니다."

오로레가 눈을 뜨며 말했다.

예견했던 결과였다.

내가 지상에서 느꼈던 기운은 결국 생물체의 것이 아니었다. 사방에 넓게 포진되어 있는 걸로 봐서는, 이 정체불명의 공간을 지탱하고 있는 힘인 것 같았다. 그 이상으로는 너무 끝없이 넓어서 탐색에 한계가 있었다.

"금속 반응 중에서는 물체로 추정되는 것들이 밀집되어 있었습니다."

텅 빈 공간 안에는 마치 신이 피조물을 만들어 놓기 전의 세상처럼 아무것도 없었다.

그런데 물체라?

"잘했다. 그리로 가 보지."

오로레는 순간적으로 사탕을 받은 어린아이처럼 활짝 웃었다가, 황급히 죄송하다고 말한 다음 몸을 돌렸다.

오로레의 뒤를 따라갔다. 어느 순간에 지진이 일어났던 것처럼 큼지막하게 갈라지고, 달 표면처럼 움푹움푹 패인 지점에 이르렀다.

두근!

심장이 뛰었다.

찾았다.

이것들은 검흔(劍痕), 싸움의 흔적이다! 놈이 여기에 있었다!

오로레가 할 말을 잃고 눈앞의 광경을 바라보고 있는 동안, 나는 시선 끝에서 반짝거리는 물체를 향해 몸을 던졌다. 생각보다도 몸이 먼저 움직인 것이었다.

나는 어느새 튀어 나가 그것 중 하나를 집어 들고 있었다.

아!

조그마한 파편에 불과했지만, 그것은 분명 백운신검을 담고 있던 검집의 일부분이었다. 모처럼 만에 뛰는 가슴을 진정시키고 고개를 들었다. 강력한 충돌의 흔적들이 어디에나 남아 있었다.

검집은 왜 깨져 있는 것인가! 정말 놈들끼리 싸우기라도 한 것일까?

잠시 후.

오로레가 완만한 곡선을 그리며 내 뒤로 부드럽게 착지했다. 그때, 내가 짓고 있는 표정을 본 오로레는 세 발자국 뒤로 뒷걸음질 치면서 숨을 죽였다.

"오로레."

"예? 옛!"

오로레가 놀라서 대답했다.

결단하기에 앞서 다시 한 번 주위를 둘러보았다. 본교의 천년금박(千年擒縛)을 연상시키는 무한(無限)의 공간은, 내 이성을 차갑게 식혀 주기에 충분했다.

흑천마검이 없는 지금은 더 이상 나아가기 곤란하다. 녀석을 위해서도, 나를 위해서도.

"돌아간다."

나는 검집 파편을 주머니에 넣으며 등을 돌렸다.

겨드랑이에 끼고 있던 두 사내를 바닥에 내려놓자, 줄곧 우리를 기다리고 있던 오로레의 일행들이 몰려들었다. 파스투스의 막힌 혈도를 풀어 주었다. 일행들은 허겁지겁 땅을 기어서 도망치는 파스투스를 보고 영문 모를 표정을 지었다.

나는 그들의 반응을 무시하고, 그들이 피어 놓았던 모닥불 앞에 엉덩이를 깔고 앉았다. 그런 내 옆으로 키 작은 그림자가 조심스럽게 다가왔다.

"저……."

"말해라."

"제가 본 것을 보고……해야 합니다."

"마음대로."

"그럼 조사단이 새로 편성될 겁니다."

"네 공도 어느 정도 있는 것이니까."

"진심이십니까?"

"내가 하지 말라고 하면 하지 않을 텐가?"

"그게…… 감, 감사합니다!"

그러나 정작 오로레는 기뻐하기보다는 큰 싸움을 막 끝낸 군인 같은 지친 얼굴을 비치며 맞은편에 다소곳하게 앉았다.

오로레가 저도 모르게 짧은 한숨을 내쉬었다가 크게 놀라서 헛숨을 들이켰다.

"하나만 묻지."

"예. 예."

"얼마나 생각하고 있나? 백 명? 이백 명?

"아 그게. 파스투스가 결정할 일이지만 저는 더 크게 보고 있습니다."

"너와 저 얼간이에게 많은 이들의 목숨이 달린 것이로군."

"……."

오로레는 조용하게 고개를 끄덕였다. 그는 명석한 사람답게, 그가 보았던 싸움의 흔적들이 무엇을 말하고 있는지 잘 알고 있었다.

"분명히 말해 주지. 놈들이 나타나면 전부 죽을 것이다. 성(星) 마루스의 모든 병력을 집결시킨다 할지라도 말이지. 그래도 이왕 조사단을 새로 편성하는 것이라면, 제대로 된 것들이 왔으면 좋겠군."

"아마도 그게…… 오성탑의 마법사들도 오게 될 겁니다."

내가 흑탑의 마법사가 아니라는 것을 눈치챈 오로레였다. 나는 피식 웃었다.

마침내 오로레는 결사(決死)의 용기를 냈다.

"들, 들려주실 수 있으십니까."

나는 그의 심각한 얼굴을 향해 박수를 쳐주고 싶다.

" '놈들'이 누구냐고 말이지?"

"예……."

"말해 줘도 믿지 않을걸?"

나는 그렇게 말하며 큭큭 웃었다.

"그래도 끝내, 내 정체를 묻지 않은 것에 대해선 후한 점수를 주고 싶군."

"마족은 아니시죠?"

오로레는 어색하게 웃으면서 또 뒷머리를 긁적거렸다.

이 젊은 마법사가 왜 이렇게 마음에 드는가 했더니, 그가 곤란할 때 짓는 표정이 어쩐지 내 동생 영아와 많이 닮아 있었다. 가족들이 정말 보고 싶다.

시간의 흐름을 파악하기 위해 현실 세상을 주기적으로 왕래해 왔지만, 한국에는 갈 수 없었다.

"누가 저 아래를 만들었는지, 네게만 들려주지."

오로레는 침을 꿀꺽 삼켜 넘겼다.

잔뜩 긴장하고 있는 그를 향해 짧게 말했다.

"드래곤."

오로레의 눈이 몇 번이나 깜박거렸다.

"농, 농담하지 마십시오. 마법사님께서 그렇게 말하시

면, 그대로 믿을 수밖에 없습니다."

나는 웃었다.

"내가 마법사가 아닌 것을 알면서 끝까지 그렇게 부르는군."

"그럼 어떻게……."

"정."

"예?"

"말했을 텐데? 정이라고 불러라. 그리고 분명히 나는 말해 주었다. 그러니 최고의 실력자들로 구성하는 게 좋을 거다."

오로레의 얼굴이 멍해졌다.

"마지막으로 하나, 나와 관련된 부분은 제외하고 보고해야 한다."

오로레는 한참 뒤에서야 정신을 차렸다.

"마법사…… 윽! 정님을 빠트리고는 어떤 것도 설명될 수 없습니다."

"저 얼간이보고 지어내라고 하면 되겠군."

나는 멀리서 우두커니 서 있는 파스투스를 턱으로 가리켰다. 그가 황급히 시선을 돌려서 나를 못 본 체했지만, 그의 동료들이 떠미는 등에 어쩔 수 없이 내 앞으로 걸어올 수밖에 없었다.

"네놈은 타고난 운이 대단하구나."

"그, 그렇습니까? 지금처럼 계속 입 다물고 있겠습니다."

파스투스가 말했다.

"보고하고 싶겠지? 대단한 발견이니까."

나는 그렇게 말하며 뻥 뚫린 구덩이 쪽으로 시선을 돌렸다.

녀석의 대답을 듣지 않고 바로 말을 이었다.

"저길, 보고해도 좋다."

"정말이십니까?"

"모두 네놈과 오로레의 공으로 돌려라. 너희와 난 모든 상황이 종결된 다음에 만난 거다. 나를 귀찮게 한다면……."

"그럴 일은 결코 없을 겁니다. 감사합니다. 감사합니다. 이 은혜 잊지 않겠습니다."

"꺼져라."

"옛. 옛!"

파스투스는 눈썹이 휘날리게 일행들에게 뛰어갔다. 거기에서 짧은 환호성이 와, 하고 울렸다. 그들은 나를 의식해서 소란을 피우지 않았지만 진심으로 기뻐 어쩔 줄을 몰라 했다.

누구도 기대하지 않았던 대단한 성과. 큰 보상이 있을

것이다.

"파스투스는…… 성미가 급해서 그렇지 좋은 사람입니다."

나는 대수롭지 않게 고개를 끄덕였다.

"아무쪼록 이 모든 것을 인가해 주셔서 감사합니다."

"내 의도가 무엇인지 모르지 않을 텐데?"

"저희 같은 사람들에게는 다신 없을 꿈같은 기회잖아요. 미지(未知)에 한걸음 다가갈 수 있다면, 저희들은 어떤 희생을 치를 준비가 되어 있습니다."

"꿈같은 소리를 하는군. 전부 죽을 거다."

나는 짧게 뇌까렸다.

"그래도요."

오로레의 얼굴에 모닥불 빛이 주홍색으로 물들었다.

제3장

광휘(光輝)

　레인저 여섯이 오로레가 작성한 보고서를 가지고 바로 떠났다. 한밤중에 무작정 떠나기에는 많은 위험을 무릅써야 함에도 불구하고, 그들은 한시라도 빨리 이 대단한 발견을 보고하길 원했다.

　그들이 떠난 산은 더욱 조용해졌다.

　"정말 다섯 신의 성지(聖地)일까요? 그렇다면 정말이지……."

　내게서 답이 없자 오로레는 또다시 뒷머리를 긁적였다.

　나는 흑천마검을 기다리고 있었다. 어떻게 된 것인지 지금까지도 녀석에게서 소식이 없었다. 바로 우리 앞에 놈들의 아지트로 들어가는 통로가 있기에, 평소와는 달리 녀석이 잔뜩 신경 쓰였다.

어디서 뭘 하고 돌아다니는 거냐. 내가 찾았단 말이다. 내가.

"누구를 기다리고 계시나요?"

오로레가 나처럼 밤하늘을 올려다보며 말했다.

"말이 많군."

"아. 죄송합니다. 그런 소리 종종 들었어요. 입 다물고 있을까요?"

경계심이 많이 풀어졌기 때문일까, 아니면 천성이 그런 것일까? 그래도 그런 그의 모습이 나쁘지 않게 다가왔다. 내가 피식 웃어버리자, 오로레의 표정도 밝게 풀어졌다.

"그러는 게 좋겠다. 내가 먼저 시작하지."

"예?"

"메모라이즈."

나는 그렇게 말하며 가방에서 두껍고 낡은 마법서 하나를 꺼냈다. 곁눈으로 훔쳐볼 만도 한데, 오로레는 의식적으로 시선을 떼며 몸을 일으켰다. 우리는 차례를 번갈아가며 비워진 그릇에 마법 결정을 담기 시작했다.

교미를 하는 것인지, 싸우는 것인지 알 수 없는 몬스터들의 울음소리만이 간간이 들려오는 깊은 밤이었다.

다시 오로레의 차례. 그가 의식의 세계로 들어간 무렵, 드디어 흑천마검이 긴 머리를 휘날리며 내 앞으로 떨어져 내렸다.

나는 녀석을 노려보며 입을 열었다.

"어디서 뭘 하고 이제야!"

녀석은 내 어깨너머로 보이는 구덩이를 보자마자, 얼굴을 짜증스럽게 구겼다.

"여기 있었군."

녀석이 말했다. 그러면서 그쪽으로 미끄러지듯 날아갔다.

기다리라고 말했지만 녀석은 듣지 않았다. 녀석의 길쭉한 몸이 구덩이 아래, 수직으로 떨어지는 통로 안으로 쑥 사라졌다. 나도 그 안으로 몸을 던지며 속도에 박차를 가했다.

직전에야 그렇지 못했다만 이제는 속으로 시간을 셀 여유가 있었다.

떨어진 시간은 30초. 나는 평균시속 300km쯤으로 낙하했으니, 그곳은 대략 산 지면에서부터 2.5km가량 밑의 지하에 위치한 셈이었다.

끝에 이르러 흑천마검 뒤에 착지했다. 그제야 멈춘 녀석이 몸은 그대로인데 귀신처럼 얼굴만을 뱅글 돌려 나를 쳐다봤다.

"이 몸보다 먼저 찾아냈구나. 귀여워."

언제부터인지는 모르겠지만, 녀석은 나를 제대로 짜증 나게 하는 방법을 터득하고 말았다. 나는 내 뺨을 향해 뱀처럼 구불구불 들어오는 더러운 혀를 피하며 얼굴을 일그러뜨렸다.

녀석은 그런 내 반응을 즐기며 주위를 빠르게 돌아보았다.

거대 지하 공간은 한마디로 아무것도 없는 허무(虛無) 그 자체다. 시각을 극한으로 끌어올려도 달라지는 것은 아무것도 없다. 어떤 외벽도 보이지 않고, 그저 공간만이 펼쳐져 있다.

"놈들의 아지트, 맞지?"

녀석이 그렇다고 대답했다. 그런데 녀석의 표정이 오묘한 것이 무슨 문제가 있어 보였다. 곧 녀석의 얼굴이 빠르게 구겨졌다.

"문제가 뭐야?"

"그것들이 여기에 있는 건 확실하다. 하지만 찾을 수 없군. 애송이 년, 여기가 얼마나 넓은지 상상할 수도 없을 거다."

"넓어서 찾질 못한다는 건 말이 되지 않는군. 그냥 솔직히 말해. 네 녀석의 능력 부족이라고."

내 그 말에 녀석의 입이 바로 열렸다. 나도 기다리지 않았다.

"상대는 인과율의 조각이다. 인과율. 그리고 이 몸은 불완전하지."

"상대는 인과율의 조각이다. 인과율. 그리고 이 몸은 불완전하지."

우리는 동시에 말했다.

녀석만 내 기분을 건드릴 수 있는 게 아니다. 일방통행은 없다. 녀석의 얼굴이 확 찌푸려졌고, 나는 그런 녀석의 면전에 대고 큭큭 웃었다.

"걱정 마라. 우리를 대신할 녀석들이 이리로 오고 있으니까."

웃음을 지우며 말했다.

"인간들을 끌어들였군?"

녀석이 반응을 보였다.

"아니. 허락한 것뿐이다. 돌아가지. 위에 남겨둔 친구가 걱정되는군."

구겨졌던 흑천마검의 얼굴이 비릿하게 펴졌다.

"위에 남겨둔 인간은 걱정하면서, 여기에 인간들을 끌어들여? 네놈도 많이 바뀌었군. 아아. 좋은 쪽으로 말이다."

"네 녀석이 판단할 일이 아니다."

"정말? 크크크."

녀석의 괴상한 웃음소리가 주위로 퍼져 나갔다.

*   *   *

지난 며칠간, 나와 오로레는 각자 할 일을 하면서 조사단이 도착하길 기다렸다.

오로레는 생각보다 공신력이 큰 사람이었다. 그의 보고서 하나로 칠백 명에 육박하는 대규모의 조사단이 편성된 것이다.

레인저들은 길 안내를 마치자마자 바로 떠났다. 나는 내 덕분에 목숨 건진 레인저가 주고 떠났던, 최고급 포도주를 들고 나무 그늘 밑으로 자리를 옮겼다. 오로레의 설명에 따르면 그 레인저는 이 포도주를 사기 위해서 일 년 치의 수익 전부를 쏟아 부었을 거라고 했다. 보은(報恩)이라, 기특한 일이지.

레인저들의 안내로 큰 탈 없이 도착한 조사단은 구덩이 주위를 야영지로 삼고 진을 치고 있었다. 그러는 동안 나는 나무 그늘, 눈에 띄지 않는 구석에 조용히 있었다.

란테모스의 로브를 벗어 신출내기 용병쯤으로 꾸몄음에
도 불구하고, 그런 나를 힐끔힐끔 바라보고 있는 무리가
있긴 했다.

"저……."

한참 후.

오로레가 핼쑥해진 얼굴을 그늘 밑으로 들이밀었다.

"바빠 보이던데?"

"제 할 일은 끝났어요. 생각지도 못했던 분들까지 친히
오시는 바람에, 정신이 하나도 없었네요. 죄송합니다."

오로레의 말은 사실이었다. 누구도 내게 알려주지 않았
지만, 나는 하얀 로브의 노(老) 마법사가 백탑의 주인이라
는 것을 한눈에 알아보았다.

그가 전설 속에서나 회자될 법한 대마법사의 풍모로 걸
어 다닐 때마다, 모두가 경외가 담긴 낯빛을 비추며 길을
비켜섰다. 재미있는 사실은 제국이 여덟 조각으로 나뉘기
전, 우리는 같은 공간 안에 있었다. 한때 대 제국 마루스
의 황성이라고 불렸었던 과거의 영광 속에서 말이다.

그런 급의 인물이 한 명 더 있다.

그자는 이 조사단을 총괄하고 있는 고위 귀족이자 검사
(劍士)로, 내가 눈여겨 볼 만큼 강력한 기운을 품고 있었
다.

"저자는 누구지?"

오로레는 내가 그자를 알아보지 못했다는 사실에 의아해했다.

"그러니까…… 기간트 님입니다."

"그렇군."

유명한 자였다.

일곱 명의 대마법사와 여덟 명의 오러 마스터. 중원이었다면 칠마팔검(七魔八劍)쯤으로 불렸었을 이 세상의 절대 강자 중의 한 명.

"왕국에서 총력(總力)을 기울였군. 네 보고서 한 장에."

"그게 그렇게 된 것 같아요."

오로레는 겸손을 떨었다.

"하지만 걱정하지 않습니다. 저 아래에서 제가 본 게 무엇인지, 잘 알고 있으니까요."

오로레가 구덩이를 쳐다보며 말했다. 그쪽에서는 왕국 병사들이 구덩이를 크게 두르는 목책을 치고 있었다.

"아! 저분이 제 스승님이세요."

오로레의 시선이 걸린 마법사를 쳐다봤다. 그는 볕이 잘 드는 곳에 서서 최대한 많은 인원을 구덩이 밑으로 데리고 갈 방법을 다른 마법사들과 함께 의논하고 있었다.

그러나 나는 장년의 그 마법사에게서는 어떤 특이할 점

을 찾지 못했다. 특이할 점이라면 단 하나, 뛰어난 제자를 발굴했다는 것뿐이다.

나는 그보다도 다방면에서 온 노학자(老學者)들이 궁금했다. 그들은 소수의 제자들과 함께 움직이며, 마실 나온 것처럼 일대를 둘러보고 있었다. 오로레는 그들이 특히 고고학 분야에서 이룬 성과에 대해서 주절주절 설명했다.

오로레는 피곤한 얼굴이었지만 눈이 연신 빛나고 있었다. 본인에 의해서, 각양 각계에서 내놓으라 하는 최고의 인사들로 이뤄진 조사단이 파견되었으니 어찌 흥분하지 않을 수 있을까.

오로레는 멀리서 그를 부르는 소리에 다시 자리를 떠났다.

그가 떠난 뒤에 내게 다가오는 한 사내가 있었다.

"여어."

젊은 나이치고는 제법 노련한 무장을 갖춘 이였는데, 왕국 소속의 기사나 병사는 아니었다. 조사단에는 그와 같은 인물들이 한 개 기사단만큼 있었다. 그래도 이 조사단에 합류했다는 것만으로도, 실력 면에 있어서나 왕국에서 받는 신망(信望)이 어느 정도 검증된 집단이라고 할 수 있을 것이다.

"나는 라돈."

사내가 이름을 밝혔다.

그러고는 내가 쥐고 있는 검집(흑천마검)과 포도주 그리고 내 얼굴을 번갈아 쳐다보더니, 호오 하고 짧은 탄성을 터트렸다.

"명검(名劍)에 폰티악의 와인이라. 그런데 왜 널 본 적이 없지?"

"용건이?"

"통성명이나 하자는 거지. 이름이?"

"가라."

사내의 검고 깡마른 얼굴이 바짝 굳었다. 그의 공격적인 눈빛이 나를 빠르게 훑고 지나갔다. 그러더니 피식 웃어버리는 것이었다.

"잘난 맛에 그리 사는 것도 좋지. 실력만 있다면야, 내 알 바 아니고. 어쨌든 우도스 대장께서 널 보고 싶댄다. 생각 있으면 와봐."

사내는 그가 왔던 무리 쪽을 턱짓으로 가리킨 후 몸을 돌렸다.

그때 오로레가 돌아왔다.

사내는 오로레에게 가벼운 목례를 하고 그 옆을 지나쳤다. 오로레가 건들건들하게 돌아가는 사내의 뒷모습을 바라보다가 내 옆에 앉았다. 그러면서 재미있다는 듯이 말했다.

"벌써 관심 받으셨네요."

"언제 들어가지?"

"정해지면 바로 알려드릴게요. 그렇게 오래 걸리진 않을 거예요. 그런데……."

오로레가 말꼬리를 흐렸다. 나를 조사단에 합류시키기 어렵다는 말을 하고 싶은 것이겠지. 그 정도도 이해하지 못할 내가 아니었다.

"난 신경 쓸 것 없다. 내가 알아서 하지. 여차하면 저것들과 같이 들어가면 되니까."

그제야 오로레는 숨통이 트였다는 듯한 표정을 지었다.

나는 오로레의 어깨너머로 펼쳐진 광경을 바라보며 입을 다물었다.

야영지의 열기가 뜨겁게 달아올라 있었다. 사지(死地)인지도 모르고 꿈에 부풀어 있다.

다들 전설의 무구나 마법서 그리고 보물 혹은 미지의 발견 따위를 말하고 있지만, 거기에는 아무것도 없다. 인간의 목숨 따위는 아랑곳하지 않는 거대한 존재만이 어딘가에 숨어서 그르렁거리고 있을 뿐이다.

*　　　　*　　　　*

의외로 용병 집단의 대장 우도스는 내게 질문을 하지 않았다.

그가 나를 보고 한 말은 괜찮을 것 같군, 딱 그 한마디였다. 치열한 용병 세계에서 높은 인지도 있는 집단으로 성공시킬 수 있었던 비결은 그 뛰어난 안목(眼目)에 있었던 것 같다.

이 집단의 구성원 개개인은 거칠게 갈아 놓은 칼 같은 분위기를 풍겼다. 사선(死線)을 수없이 넘지 않고서는 가질 수 없는 바로 그것이었다.

그도 내게서 비슷한 냄새를 맡은 것일 테지만.

"어떻게 우리를 모를 수 있지? 아니, 모르는 척하는 건가? 어쩌면 쌍두(雙頭) 사자들의 전쟁에서 우리와 적으로 만났던 것일지도 모르겠군. 아냐?"

라돈은 번왕(藩王)들의 영토 전쟁을 언급하며 비릿하게 웃었다.

그래도 내게서 별 대답이 없자, 그는 대수롭지 않다는 듯이 어깨를 으쓱했다.

"악의(惡意)는 없다. 우리는 그저 서로 등을 맞대고 함께 싸울 누군가가, 어떤 놈인지 알고 싶은 것뿐이다."

오십여 명이 넘는 구성원 중에 이 녀석만이 내게 접근

했다.

녀석 외에는 과묵하게 혼자만의 시간을 가지거나 동료들과 소통을 할 때도 넷 이상 모이지 않고 조용하고 무겁게 이야기를 나누는 식이었다.

"그러니까 네 임무가 이거군. 팀의 동정(動靜)을 살피는 것."

내가 말하자.

"틀린 말은 아니다."

라돈이 바로 인정했다.

"너 같이 상처받은 늑대에게는 나 같은 녀석이 붙어야지. 그렇다고 날, 말 많은 놈 취급하면 참지 못할 거다. 나도 좋아서 하는 일이 아니거든. 다들 너 같은 놈들뿐이라, 나 외에는 이런 일을 할 사람이 없어. 그렇게 알고 있으면 된다."

"그러지. 그러니 이제는 혼자 있고 싶군."

"말할 기분이 아니라면 듣기만 해. 나는 네가 얼마나 운이 좋은 놈인지 알았으면 한다."

"흠."

"계속 들어. 검은 사자께서 엄청난 던젼을 보고받으셨을 때, 그 어떤 용병단보다도 우리부터 부르셨다. 그건 우리가 쌍두(雙頭) 사자들의 전쟁 중 우르노스, 코몬 강, 카이시페르, 폴만, 그 위험한 전장들을 수없이 겪으면서도 명맥(命脈)이 끊기지 않고 여기까지 왔기 때문이었지."

라돈이 계속 말했다.

"사실 우리도 저 던젼이 어떤 곳인지 모른다. 하지만 봐라. 검은 사자와 백탑의 주인이 한자리에 있다. 말 다했지."

"……."

"네가 언제 여기에 왔든, 아르혜의 마법사님과 어떤 친분이 있든 상관없어. 애초에 여기엔 네 자리가 없었다. 저 던젼에 들어갈 수 있는 외인(外人)은 우리가 유일하다. 하지만 이제, 넌 우리가 되었다. 뭐, 너도 그걸 노린 것이겠지만, 이것만큼은 잊지 마라. 우리의 영광에 편승했다는 것을."

"너무 쉽게 생각하고 있군."

"뭐?"

"곧 알게 될 거다."

나는 그것으로 정말 입을 닫았다.

생각해 보면 당연한 일이었다.

용병 집단은 라돈의 기대와는 달리, 조사단 내에 새로 구성된 탐사대 명단에 들어가지 못했다. 애초부터 왕국은 이들을 몬스터 혹은 몬스터보다 더 무서운 인간들로부터 야영지를 지키기 위해 데려왔던 것이다.

하지만 나는 처음부터 들어갈 생각이 없었기 때문에 상관없었다.

시간이 문제지, 용병 집단 또한 결국 들어갈 수밖에 없다.

나는 마법을 받은 탐사대가 한 명씩 구덩이로 뛰어내리는 광경을 지켜봤다. 내려가는 방법이야, 간단한 낙하 마법에 불과했지만 복귀 방법은 실로 대단했다. 백탑의 주인과 그의 마법사들은 반(反)중력 마법진을 계획하고 있었다.

반중력이라니!

이 세상에 대해 알 만큼 알았다고 생각했던, 내 자만심이 와르르 깨지는 순간이었다.

"넌 왜 가지 않지?"

내 질문에 첫 발견자이자 촉망받는 마법사는 역사적인 현장에 들어가지 않는 대신, 내 옆에서 뒷머리를 긁적거리고 있었다.

"일단은 남기로 했습니다."

오로레가 대답했다.

지금껏 그가 보여 줬던 모습과는 무척이나 상반된 결정

이다.

"이제 와서 무서워 진건가?"

"저는…… 솔직히 말씀드릴게요. 마법사님 곁에 남고 싶어요."

오로레는 나를 부를 호칭이 그 어떤 것도 여의치 않았는지, 처음처럼 마법사라고 불렀다.

"결코 방해되지 않겠습니다. 저를 없는 사람 취급해 주시면 안 될까요? 앞으로 보고 들을 것들, 제 안으로만 남겨두겠습니다."

음!

스스로가 이해되지 않게도, 나는 고개를 끄덕이고 있었다.

사람들은 말한다.

그것이 친구든 연인이든, 사람의 인연이 따로 있다고……. 특히나 인과율의 실제(實際)를 인지해 버린 지금 나는 그 말을 전적으로 믿고 있었다.

처음 만난 그 순간부터 오로레가 마음에 들었다. 그의 선한 인상이, 그의 목소리가, 나를 바라보는 눈빛이 전부 친근했다.

오로레가 남자가 아니라 여자였다면? 나는 거기서 생각을 멈췄다. 그러자 의도치 않은 웃음이 피식하고 새어 나왔다.

"분명히 말해 주지. 네 목숨은 스스로 챙겨야 할 것이다."

이 세상에 와서 얻은 수확을 말하라면, 그건 마법이 아니다. 마음에 드는 친구를 만났다는 것. 어느 순간부터 나는 친구가 없었다.

"감사합니다. 마법사님."

오로레가 진심으로 기뻐하는 모습이 보기 좋았다.

나는 왜 이토록 오로레가 마음에 드는 것일까?, 내 자신에게 반문했다. 그건 아마도 오로레에게서 성별과 인종과는 상관없이 내 동생 영아가 떠오르기 때문인 것 같았다.

오로레가 제 일을 하러 돌아갔을 때, 흑천마검의 목소리가 머릿속에서 울렸다.

— 허구한 날 짝짓기만 하더니 이제는 남색(男色)까지 탐하는군.

대답할 가치가 없었다.

그래서 무시하고 걸어가는데, 녀석의 목소리가 또다시 웅웅 울렸다.

— 약속해라. 저것이 방해가 되면 버리겠다고.

아무래도 대답하지 않고서는 이 늙은 마누라의 잔소리

가 끝나지 않을 것 같았다.

— 그러지.

— 그것만으로는 부족하다. 벌써 잊었느냐. 네놈이 그
날 어떤 짓을 했는지? 이 몸의 충고를 무시했다. 병든 창
녀, 그 하찮은 인간 하나 때문에 넌 거의 죽을 뻔했지. 네
놈의 제멋대로인 도덕성은 지금까지 조금도 도움이 된 적
이 없었다. 모르는가?

— 하찮은 인간이라. 그 하찮은 인간 중에 하나가 위대
한 반신께서 여러 날 동안 하지 못한 일을 해냈다. 너보다
먼저 드래곤의 흔적을 발견했지.

— 대 우주의 우연은 필연(必然)이자 순리. 어쩌면 원래
부터 그렇게 정해졌던 것일 수도. 명심해라. 넌 저 작은
인간에게 너무 인정을 쏟고 있다. 난 저것이 마음에 들지
않는다.

— 귀엽네. 하지만 질투도 정도가 넘치면 짜증 나는 법
이지.

나는 그동안 흑천마검에게 받았던 모욕의 말들을 고스
란히 돌려주었다.

— 이……놈이…….

확실히 통했다.

— 먼저 내려간 것들에게서 무엇이든 신호가 있을 것이

다. 우리는 조용히 기다리고만 있으면 돼. 그때까지 쓸데 없는 일로 힘 빼지 말고, 힘을 비축해 둬라. 거의 다 왔다. 한 번에 끝내야지.

*   *   *

난 누구보다도 먼저, 지하로 통하는 입구가 잘 보이는 곳으로 달려갔다.

거기서 불쑥 솟아오른 이는 백탑의 주인과 소수의 마법 사였다. 순백(純白)이었던 그들의 로브는 적탑의 마법사들 이 입는 로브처럼 뻘겋게 변해 있었다. 그 뻘건 색은 전부 가 피다.

백탑의 주인은 마법사들과 함께 지면에 내려서자마자, 그가 할 수 있는 최고의 크기로 외쳤다.

"우도스! 우도스는 어디 있느냐!"

휘청거리는 백탑의 주인을 그의 마법사들이 부축했다.

그러나 그들부터도 상태가 좋지 않아서, 다 같이 옆으 로 쓰러졌다.

사람들이 몰려들었다. 탐사대에 속하지 않았던 사람들 이다. 병사와 용병 집단의 구성원들이 하던 일들을 제쳐 두고 쏜살같이 뛰어왔다.

용병집단의 대장, 우도스도 거기에 있었다. 그가 백탑의 주인을 일으켰다. 그때 그 광경을 지켜보는 용병들의 눈빛이 예리하게 번뜩였다.

드디어 기회가 온 것을 느낀 것과 동시에, 지하에서의 위험을 직감한 것이다.

"정말이군요. 마법사님께서 하셨던 말씀이 사실이었습니다."

오로레가 사람들 틈을 비집고 나와 작은 목소리로 말했다.

"사람들…… 괜찮을까요?"

오로레는 걱정스러운 눈으로 어둠 속에 가려진 통로를 쳐다보았다.

용병들을 소집하는 우도스의 우렁찬 외침이 들렸다. 나와 오로레는 그쪽으로 움직였다. 우도스뿐만이 아니라 소수의 기사들도 남은 병사들을 모두 모으기 시작했다.

모두 이 순간만을 기다렸다는 듯, 일사불란하게 움직였다.

우도스는 어지간한 기사들보다도 큰 입지를 지니고 있었다. 그가 기사들을 제쳐 두고 구덩이 앞에 섰다. 그건 실로 대단한 일이었다.

"탐사대가 위험에 빠졌다. 우리가 해야 할 일이 무엇인지는 말하지 않아도 알겠지? 지금 들어간다!"

우도스가 외쳤다.

"이것만 들려주시오. 대장! 어떤 위험이오?"

당연히 예상되는 질문이었음에도 불구하고, 우도스가 난처한 표정으로 백탑의 주인을 돌아보았다. 백탑의 주인이 고개를 끄덕였다.

"기뻐해라. 우리의 상대가 용아병(龍牙兵)이라고 하는구나! 맞다. 지금 너희가 떠올리고 있는 그 용아병 말이다!"

음유시인의 노래에서나 겨우 들을 법한, 비(非)현실적인 단어가 우도스의 입에서 터졌다.

하지만 우도스의 옆에 나란히 선 백탑의 주인 몰골이 너무도 처참했기에 누구도 거기에 대고 웃지 않았다. 아직도 백탑의 주인과 마법사들의 로브에서는 피가 뚝뚝 떨어지고 있었다.

백탑의 주인이 움직이는 것을 시작으로, 마법사들이 구덩이 주위에 넓게 포진하고 섰다. 오로레도 알아서 그쪽에 합류했다.

누가 먼저라 할 것 없이 그들 마법사들의 눈이 일시에 뒤집어 까졌다. 신비한 약속의 언어가 어떤 노래처럼 일정한 음률을 띠며 흘러 나오기 시작했다. 병기를 쥔 모두의 표정이 더할 나위 없이 심각해졌다.

백탑의 주인이 우도스와 함께 제일 먼저 아래로 뛰어내렸다. 그다음부터는, 보이지 않는 경계에 의해서 나눠진 등급 순으로 마법을 받아 한 명씩 몸을 던졌다.

　8명의 마법사. 1분의 주문 시간.

　약 이십 여분이 지났을 때 백 오십에 육박했던 인원 중, 이제 지상에 남은 사람은 마법사 일곱과 오로레 그리고 나뿐이었다.

　"제가 마지막을 맡겠습니다."

　오로레의 눈이 본래대로 돌아왔다.

　그때도 일곱 마법사는 계속 낙하 마법의 주문을 외우고 있었다.

　그렇게 모두가 통로 아래로 사라지고, 지상에 남은 사람이 더 이상 없게 되자 오로레가 눈빛을 번뜩이며 나를 쳐다보았다.

　"준비되셨습니까?"

＊　　　＊　　　＊

　지하 공간으로 들어오자마자 보이는 건, 개미 행렬처럼 이어진 사람들의 움직임이었다. 그들은 모두 북쪽을 향해 달려가고 있었다.

꽤나 깊숙이 들어갔을 때, 비스듬하게 갈라진 시신 한 구가 발견됐다. 그때부터 주인을 알 수 없는 신체의 일부분들이 발끝에 채이기 시작했다. 용병과 병사들은 시신을 뛰어넘고 듬성듬성 고인 핏물들을 밟으며 있는 힘껏 달렸다.

그러다 그곳에 도착했다.

지금까지는 마음의 준비를 해 두라는 누군가의 배려였던 것 같다.

우리 앞에 펼쳐진 광경은 그야말로 생지옥, 단순히 전멸(全滅)했다라는 말만으로는 형용할 수 없는 잔혹한 모습이었다.

그 잔혹함이란 당장 물컹거리며 밟히는 누군가의 내장기관이나, 축구공처럼 이리저리 차이는 얼굴 따위를 일컫는 것이 아니다. 본시 전장에서도 적군에게 공포심을 심어 주기 위해 시신을 훼손하고, 장기와 수급 따위를 걸대에 꽂아 살인마의 섬처럼 만들어 놓는 일들이 즐비한 법이다.

하지만 여기에서는 인간의 어떤 감정도 남겨 있지 않았다.

나는 눈앞의 광경에서 마치 굶주린 날짐승에게 뜯어먹힌 어린아이의 사체(死體)를 보고 말았을 때와 같은 기분이 들었다.

바그다드에서 '그날'이 아직까지도 생생한 나도 이러한데, 다른 이들은 오죽할까.

내장을 흘리고 있는 시신 옆에서도 순대를 질겅질겅 씹으며 잠깐 얼굴을 찌푸리는 게 전부일 것 같았던 용병들에게서도 순간 주저하는 것이 보였다. 그래도 그들은 겁에 질렸음에도 불구하고 역전의 용사라는 것을 증명하듯 그 지옥으로 뛰어들었다.

머뭇거리는 이들 전부는 야영지에 남겨졌던 왕국 병사들로, 검을 쥔 손이나 군화를 신은 다리 등이 부들부들 떨리고 있었다.

푸른 검기(劍氣)가 휘황찬란하게 번뜩이는 곳으로 시선을 멀리 가져갔다.

검은 사자 기간트. 여덟 강자 중의 한 명.

그는 혼자 살아남아, 용아병이라고 불리는 거대한 해골들에게 둘러싸여 있었다. 그리고 대마법사와 용병들은 오로지 그의 퇴로를 만들기 위해서만 움직이고 있었다.

그 거대한 해골들을 본 적이 있었다. 드래곤의 습격을 받았던 몇 년 전 그날, 도망치던 나와 엘라를 가로막았던 것이 이 거대한 해골 군단이었다. 황금의 병구(兵具)로 무장한.

— 드래곤은?

흑천마검에게 묻는 그때에도, 용아병의 월도(月刀)가 한 사람의 머리를 내리치고 있었다. 그는 도축업자의 칼에 도려지는 기름덩어리처럼, 정확히 반절로 쪼개져 버렸다.

검은 사자 기간트가 그 희생을 발판 삼아 겨우 몸을 빼내며 단칼에 용아병의 목을 가른 그 순간, 흑천마검이 검집에서 미끄러져 나왔다.

인간형의 모습으로 변한 녀석이 해골 군단 너머 쪽으로 쭉 뻗어 날아갔다. 나도 즉각 지면을 박차, 녀석의 뒤를 쫓아갔다.

"마법사님!"

오로레의 목소리가 들렸지만 무시했다.

우리는 피비린내가 옅어지고 비명 소리마저 잦아든 먼 뒤쪽으로 계속해서 나아갔다.

그러다가 희미한 금색 빛이 일점(一點)으로 나타난 순간이 있었다.

거리가 점점 가까워짐에 따라 점이 면으로 커지며 형체를 갖추고, 희미한 빛은 조금씩 선명해져 갔다.

이윽고 날개를 접은 채 네 다리로 우뚝 선 드래곤의 전신(全身)이 또렷해졌다. 놈은 기억 속 그대로, 거리가 Km 단위로 떨어져 있는 곳에서도 잘 보일 만큼 굉장히 거대했다.

그러던 문득, 바로 귀에 대고 외치는 듯한 거대한 목소리가 울렸다.

— 알고 있느냐. 반신의 그릇이여. 우리 우주의 혼돈은 미물(微物)의 지성으로 반신을 품고 있는 너희들에게서 온다.

적의(敵意)가 충만한, 그 굉장한 음성에 온몸의 털이란 털은 전부 곤두섰다.

지난 수년간, 바로 이 순간만을 위해서 달려온 나였다.

멈출 것 없다.

내 의지를 받은 흑천마검이 검으로 변하며 내 손아귀 안으로 감겨들어왔다. 마검을 쥐자마자 앞으로 솟구쳤다.

바람이 전신을 스쳤다.

천력(天力)을 다해 허공에 긴 붉은 궤적을 그렸던 검신이, 놈의 미간에 박힌 수많은 비늘 중에 하나로 추정되는 그것을 갈라 버리기 직전에 기묘한 힘에 막혔다.

"큭!"

나는 튕겨 날아가는 도중에, 놈의 비늘에 새겨진 어느 검흔(劍痕)들을 볼 수 있었다. 그건 내가 남긴 게 아니었다.

백운신검의 깨진 검집 파편, 드래곤이 말했던 '너희들'

그리고 놈의 비늘에 자리하고 있는 검흔들. 막연했던 추정이 확신이 되는 순간이었다.

옥제황월이 나보다 먼저 이 드래곤과 싸웠다!

나는 지면을 딛고 서며 하늘, 그만큼이나 높은 곳에 위치한 드래곤의 얼굴을 향해 외쳤다.

"놈은 어찌 되었는가? 살았느냐, 죽었느냐?"

드래곤은 그런 내 질문에 대답해 줄 생각이 없는 것 같았다.

— 우리 다섯 조율자의 징벌(懲罰)을 받을지어다. 반신의 그릇이여. 타계의 인간이여.

해처럼 떠 있는 드래곤의 두 눈에서 금광(金光)이 번뜩인 동시에, 나도 솟구쳐 올랐다.

우우웅.

사방에서 일그러지는 공간의 움직임들이 느껴졌다.

내가 움직이는 속도보다 쏠리는 압력에 가중되는 힘의 속도가 더 빨랐다.

마법 결정을 토해 낼 틈도 없이 위에서 누르고 밑에서 올리고 양옆에서 밀어대는, 그 힘들에 완전히 묶여 버렸다. 드래곤은 나를 공간의 압력만으로 압사(壓死)시켜 버릴 심산이었다.

그건 틀린 생각이 아니었다.

내가 끌어낼 수 있는 극성 공력 전부로도 압력들을 밀어낼 수가 없었다.

핏.

안구의 실핏줄이 끊겼다. 곧바로 안구 전체가 터져 버리는 게 느껴졌다.

"아악!"

나도 어쩔 수 없는 비명이 입술 사이로 터져 나왔다.

그동안 내게 분근착골을 당했던 이들이 이러한 고통을 느꼈던 것일까?

더 이상 아무것도 보이지 않게 된 세상 안에서 나는 극심한 고통에 비명을 질렀다. 그래도 두 다리와 양팔 그리고 심장을 옥죄는 압력들은 더욱 가중된 힘으로 나를 가만히 두지 않았다.

결국 내 모든 기운을 목과 심장을 보존하는 쪽으로 돌려버리자, 악귀(惡鬼)에 씌혀 버린 듯한 극도의 고통이 내 정신을 하얗게 만들었다.

오로지 한 가지 생각에만 집중했다.

그것을 놓치지 않기 위해서 나는 만겁(萬劫)의 불지옥을 헤매는 듯한 고통 속에서 몸부림쳐야만 했다.

"Pε……ςτωρατ……ηων"

내가 그것을 해내고 말았던 그 순간, 세상이 환하게 들어왔다.

그저 피부만이 남아서 창자처럼 덜렁거리고 있던 사지(四肢)도, 한순간에 부풀어 올랐다.

내가 재생된 것에 아랑곳하지 않는 무정(無情)한 압력들. 그러나 나는 부들부들 떠는 와중에도 마법 결정 하나를 더 토해 내는 데 성공했다.

"$T\varepsilon\lambda\varepsilon\pi o\rho\tau$"

드래곤의 머리맡 위, 지하 공간 천장 부근으로 공간을 넘었다.

채근하듯 검명(劍鳴)을 울리는 흑천마검을 꼬나 쥐었다. 허공에 붉은 궤적이 천강혈마검법의 검로 대로 그려졌다. 갈래갈래 나누어진 검기가 소나기처럼 발아래로 떨어지기 시작했다.

그것만으로는 소용없다는 것을 모를 리가 없던 나는, 검기와 같이 수직으로 떨어졌다.

쾅! 콰아아아앙!

지하 공간 전체가 비명을 질렀다.

흙더미들이 바닥에서부터 분수처럼 솟구치고, 뿌연 흙먼지 사이로 드래곤의 금색 빛이 짙은 안개 속을 뚫고 나오는 헤드라이트 빛처럼 분산했다.

그것이 내게 닿는다?

소름 끼치는 직감에 몸을 비틀자마자 불에 화끈 데인 듯한 통증이 들었다.

그것은 잠깐이었다.

곧바로 이어진 아찔한 고통과 함께, 흑천마검을 쥐고 있던 팔이 아래로 뚝 떨어지는 게 보였다. 찰나가 억겁의 세월처럼 느려지게 느껴졌다.

움직이지 않는 혈액들.

사지가 터져 버렸을 때도 버텼던 나인데, 팔 하나 잘린 것만으로 쇼크사할 수 있단 말인가?

누군가는 죽음의 순간에 지난 인생이 파노라마처럼 스쳐 간다고 했는데, 나는 그 의문만이 들었다. 아마도 생존 본능이겠지만 나는 주먹으로 심장을 때렸다.

쿵 그리고 벌떡벌떡.

멈출 것만 같았던 심장이 움직이고 혈액을 뿜어낸다.

그럼에도 불구하고 절단면에서 선혈들을 이리저리 흩뿌리는 광경이 어지럽게 흔들거렸다.

"으아아악!"

비명을 지르면서도 이기어검의 수법으로 흑천마검을 움직였다.

절단된 팔은 아직도 떨어져 내리고 있던 중이었는데, 그 손아귀에서 흑천마검이 쏜살같이 튀어나와 드래곤의 목을 향해 날아갔다. 한편, 나를 거의 압사시킬 뻔했던 공간의 압력이 또다시 펼쳐지고 있었다.

안 돼!

그 지옥은 한 번이면 됐어!

"$T \varepsilon \lambda \varepsilon \pi o \rho \tau$"

빌어먹게도 드래곤 또한 마법 결정이 어떻게 대자연의 기운을 움직이는지 알고 있었다.

똑같은 방법으로 두 번 당하지 않겠다는 듯이, 내가 란테모스나 다른 마법사들의 마법을 파훼했던 것처럼 형체 없는 무엇인가가 마법 결정이 담긴 음성을 파고드는 것이었다.

공간 이동 마법은 실패로 돌아갔고, 나는 압력의 소용돌이 속에 빨려 들었다. 흑천마검을 움직이고 있던 기운의 끈도 놓치고 말았다.

역시나 신체에서 가장 약한 부위는 안구다.

그게 내가 의식적으로 생각한 상념의 마지막이다.

아마도 사지까지 또 터진 모양이다.

육신의 고통이 너무 심해서, '제발 이 고통에서 이제 그만 나를 끝내줘', 전부 다 놓아 버리고 싶다는 생각만이 악마의 속삭임처럼 내 정신을 지배했다.

특히 그 지옥에서 벗어나자마자 다시 빨려 들어가고 말

앗던 지옥이었기에, 고통의 정체에 대해 처음보다 잘 알고 있었다.

번쩍!

그러던 순간에 단 한 번 머릿속에서 뻘겋고 퍼런빛으로 번뜩이는 전기 신호가 있었다.

명왕단천공이 움직이고 있다?

명왕단천공이 뇌를 자극했던 것이 분명하다. 나는 본능처럼 학습되었던 유일한 생각만을 따라갔다.

이번 재생 마법만큼은 파훼되면 안 돼!

그 생각만을 말이다.

"Ρεςτωρα……τηων"

음성을 꿰뚫으려는 무형의 무엇인가에, 나는 몸을 대주었다.

뭔가가 내 배를 뚫고 지나갔다. 정신이 번뜩 들고 나자, 내가 잠깐 정신을 잃었다는 것을 알아차릴 수 있었다. 직전까지 분명히 겪고 있었던 끔찍한 고통들이 마치 악몽처럼 아련하기만 했던 반면에, 몸 상태는 더할 나위 없이 좋았다.

재생 마법에 감탄할 틈도 없이 공간 이동 마법으로 거기에서 빠져나왔다.

금빛의 찬란한 광휘(光輝)가 바로 앞에서 너무도 눈부

셨다.

나는 드래곤의 그 눈을 똑바로 노려보면서 손아귀를 펼쳤다. 이때를 기다렸다는 듯이 밑에서부터 날아온 흑천마검을 낚아챘다.

그러자마자 명왕단천공은 새로운 검로(劍路)를 개방했다.

쉬아아악!

붉은 기운들을 휘감은 검신이 시선 전부를 검기로 채우며 쭉 뻗어 나갔다.

제4장

산

　정확히 검 끝, 손가락 한 마디 정도가 금광(金光)으로 가
득 찬 그 안을 파고들었던 무렵.

　눈 깜짝할 찰나에 검신을 타고 온 금빛이 내 손까지 번
졌다.

　어떤 통증도 없었지만 명왕단천공이 보내는 전기 자극
으로 온몸의 소름이 바짝 돋았다. 위험 신호라는 것을 알
면서도, 비로소 잡은 이 기회를 놓칠 수 없다고 판단했다.

　검신에서 타오르는 붉은 기운이 완전한 빨간색으로 변
했다.

　마검을 더 깊숙이 꽂아 넣는데 신경 썼다.

됐다!

처음에는 콘크리트 덩어리와 같이 딱딱한 뭔가에 막혔으나, 그 안은 휑하니 뚫려 있었는지 표피를 뚫고 나자 마검 전체가 쑥 들어갔다.

악, 크아아악, 그런 인간적인 비명은 없었다.

오색(五色)의 빛 번짐과 함께 일대의 시공간이 규칙 없이 일그러지기 시작했다. 느낄 수 있었다. 신적인 존재도 고통을 느낄 수 있다는 것을······.

모든 광경이 제멋대로였다.

드래곤의 몸이 옆으로 늘어났다가 길쭉길쭉 커지길 반복하고, 마검을 쥐고 있는 내 팔도 사라졌다 나타났다를 반복했다.

그것은 어떤 물체만이 아닌 공간 전체가 그러했다.

한없이 거대하기만 했던 지하 공간이 몇 사람만 간신히 서 있을 만큼 좁은 공간으로 줄어들거나 우주만큼 무한(無限)으로 광활해지면서, 세상을 큰 오류가 나고만 어떤 물리 엔진의 결과물처럼 만들었다.

그 기묘한 세상에서 내가 할 수 있는 일이라고는 전혀 없었다. 그저 드래곤이 심각한 고통에 몸부림치고 있다는 생각만 들 뿐이었다.

그러다 모든 것이 제자리를 되찾은 순간이 돌아왔다.

드래곤의 눈에서 마검을 **빼내기** 위해 팔을 몸 안쪽으로 당겼다.

그러나 당겨지고 마는 것은 내가 아니었다.

엄청난 질량으로 모든 것을 끌어당기고 마는 블랙홀처럼, 전신이 그 안으로 빨려 들어가는 것을 결코 저지할 수 없었다.

어떤 무서운 일이 일어나고 만다는, 본능적인 직감에 이가 악물어졌다.

＊　　　＊　　　＊

정신을 차렸을 때, 나는 아래로 추락하고 있었다.

풍덩!

짜디짠 물이 입 안으로 가득 차 들어왔다.

기운을 일으켜 몸을 솟구쳐 오르자, 해수면 위로 파르르 떨리는 거친 물결이 보였다.

해수면을 밟고 서서 전방의 해안을 바라봤다. 젠장 맞게도 나는 현실 세상으로 던져진 것이 분명했는데, 눈앞의 광경은 현실 세상의 마지막 기억과 괴리감이 컸다.

"흑천마검!"

다급한 마음에 녀석부터 불렀다.

내공이 담긴 그 음성에 해수면이 거친 파도로 응답만 할 뿐, 정작 녀석에게는 어떠한 대답도 없었다.

녀석을 기다릴 여유가 없었다.

해수면을 밟고 튀어 올라.

쉐아아악.

비스듬히 날아갔다.

그렇게 해안에 착지했을 때, 본래 형체조차 알 수 없을 정도로 붕괴된 저택이 내 앞에 있었다.

누가 설명해 주지 않아도 알았다.

푸니타와 그녀의 친족들이 아름드리 가꾼 정원은 황무지로 변해 있었고, 헬리콥터 착륙장이 있던 자리는 콘크리트 파편만 너저분하게 버려져 있었다.

황급히 돌아본 바다에도 응당 있어야 할 항공모함이 보이지 않았다.

더욱이 내가 현실 세상에서 마지막 바라본 풍경은, 항공모함 갑판 위에서 본 석양 내린 해안이었다. 시간의 흐름을 확인하기 위해 주기적으로 오갈 때마다, 그 해안에서 푸니타와 다나 샤론이 맥주 캔을 기울이고 있는 광경을 기준점으로 삼았었다.

마지막으로 확인했을 때는 지하 공간으로 내려간 탐사대의 신호를 기다리던 어느 날, 그러니까 지금으로부터 이틀 전이었다.

그런데 섬에서 벌어진 일은 이틀 만에 일어날 수 있는 일이 아니다.

폭격의 흔적들이 어디에서고 발견됐으나 검은 그을음이나 혈흔 따위는 조금도 보이지 않았다. 폭격이 있은 후로부터 꽤나 긴 시간이 흐른 것이 분명했다.

"말도 안 돼!"

지난 시간대에서 본교에 일어났던 일은, 또 그 비슷하게 가정할 수 있는 모든 일들은 내가 상상할 수 있는 최악의 일들이었다. 그러한 일이 되풀이되지 않도록 항상 경계를 해 온 나였다.

그런데 주변 풍경은 지난 내 모든 수고를 단번에 쓸어버렸다. 꿈에서도 생각하기도 싫은 무서운 생각들이 들었다.

입 안이 바짝 말랐다.

삼켜 넘길 침조차 없었다.

흑천마검!

바다를 울리는 사자후에도, 사방은 한없이 조용한 상태였다. 정작 드래곤 앞에서도 잔잔했던 심장만이 빠르게 뛸 뿐이었다.

온갖 의문들이 꼬리에 꼬리를 물고 이어졌다. 무엇보다 싸움터로 돌아가고 싶어도 흑천마검 없이는 불가능했다. 녀석은 꼭 필요할 때, 내 곁에 없었다.

당장 처하고만 현실이 이해되지 않는 것으로만 가득 차 있었다.

나는 당장 할 수 있는 일을 할 수밖에 없었다. 또 해야만 하는 일이기도 했다.

"도대체 무엇을 어떻게 한 것이냐……."

바짝 힘을 준 주먹을 부들부들 떨다가, 서클에 묶여 있는 마법 결정 하나를 끄집어냈다.

"$T \varepsilon \lambda \varepsilon \pi o \rho \tau$"

기억 속 LA의 빈민가 골목 어디쯤으로 공간 이동했다.

오물 냄새가 가득 찬 거리에서 달려 나오자마자 세상의 갈림길처럼 대로변이 펼쳐졌다. 젊은 백인 사내 셋과 딱 마주쳤다. 그들은 나체 상태의 내 모습을 보고도 실실 웃거나, 핸드폰을 꺼내 사진을 찍지도 못했다.

그러기에는 내가 뿜어내고 있는 기운이 들짐승의 것처럼 몹시 사나웠기 때문이었다.

나와 맞닥뜨리지 않은, 어깨너머의 흑인 남성만이 나를 정신병자같이 쳐다보면서 핸드폰을 꺼내고 있었다.

백인 사내들 중 한 녀석 앞으로 성큼성큼 다가가서 물었다.

"올해가 몇 년도지?"

놀란 사내가 반사적으로 대답했다.

삼 년…….

삼 년이라니!

있을 수 없는 일이다! 또다시 그 일이 일어날 수는 없는 법이란 말이다!

"더욱이 여기에서는!"

나는 사내를 옆으로 밀쳐버린 후 긴급 번호를 누르고 있을 건너편의 흑인 남성에게 뛰어갔다. 흑인 남성의 손에 쥐어져 있던 핸드폰을 낚아챈 다음 좌측으로 들어가는 골목 안으로 몸을 던졌다.

백인 사내들과 흑인 남성이 소리를 지르며 나를 뒤쫓아 왔지만, 그때 이미 나는 맨션의 옥상에서 핸드폰 버튼을 누르고 있었다.

아버지, 어머니, 영아. 모두의 전화번호가 결번이다. 신 회장, 김서연 비서, 팀과 알렉스, 다나 샤론, 바다 등 내가 기억하고 있는 모든 번호를 눌렀으나 어떤 번호도 온전히 남아 있는 게 없었다.

"$T\varepsilon\lambda\varepsilon\pi o\rho\tau$"

바다 한중간.

"$T\varepsilon\lambda\varepsilon\pi o\rho\tau$"

또 바다 한중간.

"$T\varepsilon\lambda\varepsilon\pi o\rho\tau$"

또다시 바다 한중간.

"$T\varepsilon\lambda\varepsilon\pi o\rho\tau$"

마지막 공간 이동 마법 결정까지 빠르게 토해 낸 끝에, 대치동 우리 집 앞에 도착했다.

초인종을 누를 것도 없이 담을 뛰어넘으며 "아버지! 아버지!", 하고 소리쳤다. 그런데 마당 그네에서 어린아이와 놀아주고 있던 젊은 여성은 단 한 번도 본 적이 없던 인물이었다.

여성이 아이를 재빨리 품에 안고 경호동 쪽으로 소리를 지르며 도망쳤다.

나는 주인 없이 흔들거리고 있는 그네를 보면서 입술을 질끈 깨물었다.

사설 경호원 둘이 여성이 도망친 쪽에서 뛰어나왔다. 삼단봉을 펼치면서 달려드는 그들을 손대지 않고 제압한 다음, 한 녀석의 옷을 벗겨 입었다. 그런 후에는 무작정 건물의 옥상과 옥상을 밟고 뛰면서, 가장 지척의 아파트에 살고 있는 큰아버지 댁으로 향했다.

큰어머니는 나를 귀신 보듯 쳐다봤다.

삼 년 전의 어느 날을 기점으로 우리 가족의 모든 소식이 끊겼다는 것이다. 그러면서 되레 우리 가족의 소식을 물었다.

큰어머니는 무능력한 경찰들을 보다 못해서 나와 인연이 있던 일성 그룹에게 도움도 청했었는데, 그때 마침 일성 그룹이 국제적인 테러 단체와의 연계가 드러나면서 어떤 도움도 받지 못했다고 말했다.

워낙에 유명했던 사건이라, 환갑을 앞둔 큰어머니도 그 테러 단체의 이름을 알고 있었다.

그리고 그 이름은 역시나 '혈마교'였다.

나는 쓰러지듯이 소파 등받이에 몸을 맡겼다가, 다시 일어나 움직였다.

"어, 어딜 가니? 큰아버지 오실 거야. 진욱아. 진욱아?"

그렇게 따라붙는 큰어머니를 향해 몸을 돌렸다.

바로 그 순간 큰어머니가 꺅, 하고 비명을 지르며 제자리에서 주저앉았다. 큰어머니의 두 눈동자 위로 살귀(殺鬼)로 변한 내 모습이 보였다.

나는 큰어머니마저 죽일 듯한 눈으로 그녀를 노려보고 있었다.

메모라이즈를 하는 동안, 분노로 몸을 가눌 수가 없

었다. 몇 번의 실패 끝에 메모라이즈를 끝낸 다음, 총 여섯 번의 공간이동 마법을 시전해서 백악관 중앙관저 (Executive Residence) 위 허공으로 이동했다.

중앙관저가 바로 내 밑에 있었다.

그곳을 내려다보며 손끝으로 붉은 아지랑이를 피어올렸다.

수도에서부터 선명하게 타올라 몇 자나 자라난 그것에서부터, 분노한 검기(劍氣)가 쏜살같이 튀어 나갔다.

콰아앙!

미 정부의 심장이 일거에 폭발했다.

몇 번 더 긋자.

두 주랑과 윙(Wing) 그리고 행정부 건물도 모두 날아갔다.

거기에서 화산탄처럼 튀어나온 콘크리트 파편들이 그렇지 않아도, 경적을 울리며 정차한 자동차들 위에 쿵 하고 떨어졌다.

운전자들이 비명을 지르며 자동차 밖으로 뛰어나오는 동안, 붕괴된 건물 더미 안에서도 운 좋은 관료들이 그래도 살아보겠다고 버둥거리며 기어 나왔다. 내가 튕겨 보낸 탄지(彈指)들이 저격수의 그것처럼 그들의 머리를 꿰뚫고 지나갔다.

백악관 경찰들이 허공을 밟으며 내려오는 나를 향해 총구를 겨눴다.

내가 그러했듯, 그들도 경고 없이 발포했다.

드르르륵. 탕탕!

자동화기 소리와 권총 소리가 사방에서 울렸다. 하지만 수없이 날아온 탄환들은 무력(無力)하게도, 내 몸에 닿기도 전에 쇳물로 녹아서 피눈물같이 지면 위로 뚝뚝 떨어졌다.

스슷!

내가 날려 보낸 구붓한 형상의 검기가 한 개 소대 병력의 경찰들을 모조리 베고 지나갔다. 그때부터 나는 보이는 대로 베고 갈랐다. 나를 막을 수 있는 것은 아무것도 없었다.

운이 좋은 것인지 나쁜 것인지, 미 대통령은 그의 가족 대부분이 죽었던 그 자리에 있지 않았다.

그는 일본에 있었다.

쑥대밭이 된 일본 수상 관저에서 그를 찾아내는 데 성공했다. 분근착골 앞에서 진실을 실토하지 않는 이를 본 적이 없었다.

미 대통령은 사지가 끊기는 고통 속에서, 내 가족 모두가 자백제 과용으로 숨졌다고 고래고래 소리를 질렀다.

가족의 상실, 거기에서 나는 더 이상의 삶이 무의미해졌다. 나는 처형을 기다리는 죄수처럼 힘없이 무릎을 꿇으며 집게손가락을 관자놀이에 댔다. 방아쇠를 당기는 대신에 공력을 쏘아내면 모든 게 끝이다. 공력을 주입하려던 순간에 흑천마검의 목소리가 머리를 때렸다.

— 환장하겠구나!

언젠가 들어 본 그 말.

드래곤이 나를 빠트린 환상 세계는 그것이 환상임을 추정할 수 있는 모든 인지를 차단해버리는, 빌어먹을 것이었다.

＊　　　＊　　　＊

오정국과 탑외인이 다루고 있는 대(大) 정신 마법에도 그런 것이 있었다. 그 또한 대상을 지독한 환상 세계로 빠트린다고 알고 있다.

하지만 드래곤이 내게 가했던 정신 공격과 그들의 대 정신 마법 사이에는 엄청난 차이가 있다.

모든 마법을 통틀어 인간의 인지 능력까지 통제할 수 있는 것은 없었다. 그래서 정신 마법에 대해 잘 알거나, 그것을 경계하고 있던 대상이라면 그가 마주한 환상 세계를 의심하고 만다. 결과야 어찌 됐든, '이것이 환상일 수가 있다.'라는 가정을 하게 되는 것이다.

그렇지만 나는 환상 세계 안에서 그런 의심을 조금도 하지 않았다.

아니 못 했다.

그 세계가 환상일 수도 있다는, 인지(認知) 자체가 통제되어 있었다. 나는 어느 롤플레잉 속의 캐릭터와 다를 바 없었다.

"큭."

환상에서 빠져나오자마자 아래로 추락했다.

지면 위를 데굴데굴 굴렀다.

그러는 도중에 일자로 뻗쳐 나가는 눈부신 빛이 저 위로 보였다.

그 놀라운 금빛 광휘(光輝)는 드래곤의 눈에서부터 나오고 있었는데, 구름 사이로 내려오는 빛같이 성스럽게 보이기까지 했다. 드래곤은 선혈을 뿌리는 대신 빛을 뿜어내고 있었다.

더 이상 어떤 생각을 할 겨를도 없이, 명왕단천공이 나를 채근했다.

그 이미지에서 나는 반대쪽 눈을 향해 솟구치고 있었다. 직전에 드래곤의 눈에 타격을 입히는 데 성공했던 그 새로운 검로에 의해, 드래곤의 남은 한쪽 눈마저도 꿰뚫렸다.

내 뇌리를 자극시킨 이미지대로 몸을 솟구쳤던 바로 그때였다.

이미지와는 달리, 드래곤의 날개가 쫙 펼쳐졌다.

어긋난 이미지!

명왕단천공이 상황에 맞춰서 새로운 이미지를 전달하는 그 찰나에, 그동안 학습되어온 생존 본능이 먼저 움직였다.

반사적으로 기운을 끌어 올렸다.

내가 만들어 낼 수 있는 최대의 호신강기로 몸을 두르고자 했다. 그러나 그런 일련의 상황들보다도, 드래곤의 날개에서 불어나온 바람의 풍속이 더욱 빨랐다.

바람이다, 라고 인식한 순간에는 이미 그것이 굉장한 풍압으로 내 전신을 강타했다.

말도 안 돼.

드래곤이란 존재 앞에서는 어떤 일도 일어날 수 있음을 알고 있음에도 불구하고, 어디론가 쓸려 날아가며 그렇게 생각하고 있었다.

얼마나 날아갔는 지도 모른다.

그냥 세상이 깜깜했다.

호흡이 되지 않는다.

폐가 망가졌다. 심장의 박동도 느리다.

고통을 관장하는 신경까지도 짓이겨버린 것인지 어떤 고통조차 없다.

숨이 붙어 있는 것이야말로, 지금까지 내가 겪었던 모든 일 중에 가장 불가사의한 일이라고 할 수 있었다. 목이 꺾이지 않은 것도 그렇고, 심장과 뇌가 터져 버리지 않은 것도 그랬다.

— 이래도?

나를 비웃는 흑천마검의 목소리가 머릿속에서 울렸다.

하지만 짜증 나기보다는 그저 웃겼다. 웃을 수 있었다면 크큭 대고 웃었을 것이다. 나는 내가 생각했던 것보다, 녀석이 생각했던 것보다도 질긴 놈이었다.

"Pε······ςτωρα······τηων"

시동어를 끝마칠 때까지 나를 방해했던 것은 드래곤도 흑천마검도 아니었다.

한 음절 한 음절 내뱉을 때마다 벌려진 입 속으로 계속해서 흙이 들어왔다. 결국 마법 시동어를 내뱉고야 말았고, 나를 짓누르고 있던 흙더미들을 뚫고 밖으로 나올 수 있었다.

일순간 확 들어온 빛 사이로, 나를 기다리고 있던 하얀 얼굴이 제일 먼저 보였다.

흑천마검 녀석은 되레 짜증 난다는 표정과 함께 눈짓으로 먼 전방을 가리켰다. 그쪽은 천장에 뚫린 굉장한 크기의 구멍에서부터 쏟아진 흙들로 거대한 언덕을 이루고 있었다.

흑천마검 쪽으로 손을 뻗자, 녀석은 어쩔 수 없이 마검의 형상으로 바뀌어 내 손아귀로 감겨 들어왔다. 그대로 몸을 던져서 천장에 뚫린 구멍 안으로 들어갔다. 천장에 뚫린 크기가 어찌나 컸던지, 지상과 지하공간과의 구분이 모호해질 정도였다.

역시나 드래곤은 산만큼이나 거대했다.

아니, 놈의 밑에 깔린 산은 오히려 드래곤보다 작았다.

드래곤은 산을 깔고 서서 상처 입은 눈으로부터 금빛 광휘(光輝)를 전방으로 뻗치고 있었다. 비스듬한 각도를 이룬 그것이 지평선 너머까지 쭉 뻗어서 먼 하늘에 닿아 있었다.

드래곤도 심각한 타격을 받은 것이 분명하나, 나 또한 상황이 그리 좋은 것만은 아니었다.

이제 남은 마법이라고 해봤자 공간 이동 마법 다섯 개와 재생 마법 하나.

내가 잠깐 망설이던 것을 느꼈는지, 어느새 인간형으로 변한 흑천마검의 옆모습에서 입꼬리가 귀까지 걸리는 긴 웃음을 발견했다.

— 크크크. 이제 저 건방진 놈은 이 몸의 것이다.

바로 옆에 서 있던 흑천마검이 수직으로 날아올랐다.

녀석은 눈 깜짝할 사이에 내 시야에서 사라져 버렸다.

그러던 바로 그때, 구름을 뚫고 드래곤을 향해 내려오는 거대한 하얀 얼굴이 있었다.

축 늘어진 녀석의 머리카락이 드래곤의 전신을 감쌌다. 동시에 녀석의 큰 입도 쩍 벌어졌다. 송곳니처럼 뾰족한 이빨 전부가 드래곤의 목을 꽉 물었다. 드래곤의 성난 금광(金光)도 흑천마검의 얼굴을 휘감았다. 산과 산으로 이루어진 산맥 전체가 요동치는 순간이었다.

나는 머리 위로 쓰러지는 나무들을 기풍(氣風)으로 밀어낸 후, 무거운 음성을 흘렸다.

"Τελεπορτ"

드래곤의 머리 어디쯤인 것이 분명한 금빛 비늘을 밟고 섰다.

좌측으로 시선을 가득 채우고 있던 검은 덩어리가 전방

쪽으로 움직였다. 그 거대한 검은 것 전부는 흑천마검의 한쪽 눈동자였다.

너무도 거대한 크기에 그저 암흑이 찾아온 것에 불과한 것처럼 보일지라도, 거기에서 꿈틀거리고 있는 욕망이 너무도 강렬했기에 등골이 오싹해졌다.

그것도 잠깐뿐, 내 주위로 일그러지는 공간의 압력에 생각을 멈췄다.

근육과 지방이 모두 빠져나가서 창자처럼 덜렁거렸던 두 팔의 지난 모습이 뇌리를 스치고 지나갔다. 곧 찾아올 지옥 같은 고통에 이가 악물어졌다.

그런데 압력이 쏠리는 시간이, 전과는 달리 내가 거기에서 빠져나오는 속도에 미치지 못하는 것이 아닌가? 흥!

나는 한 번 더 뛰어오르며 마법 결정을 토해 냈다.

팟!

공간에서 토해져 나오자마자 철권(鐵拳)을 뻗었다. 단전에서부터 주먹 끝으로 끌어올려진 공력이 파앙, 하는 파공음과 함께 터져 나왔다.

권기가 바로 앞에 펼쳐진 금빛의 장막에 부딪치며 허공에 흩뿌려진 금색 모래와 같은 빛무리를 일으켰다.

— 죽여!

흑천마검의 그러한 목소리가 없더라도, 나는 일그러지

는 공간을 벗어나면서 연격을 잇고 있었다.

작은 물방울이 바위를 뚫는 것처럼 오로지 일점(一點)을 타격했다. 무한할 것만 같았던 내공이 소진될 때까지 때리고 또 때렸다. 그러다 다른 쪽 금안(金眼)의 상처에서처럼 찬란한 광휘가 새어 나오는 순간이 있었다. 하늘을 꿰뚫는 두 개의 빛줄기가 사방으로 아무렇게나 움직여댔다.

기뻐할 틈도 없었다.

내 몸을 때리는 무형의 기운에 어딘가로 날려 보내졌다.

거기에 버틸 만한 내공이 남아 있지 않았다.

"크악!"

지면과 충돌하는 순간, 허리가 꺾이며 다시 튀어 올랐다가 떨어졌다.

가물가물해진 시야 안으로 피부를 뚫고 나온 견갑골과 가슴뼈가 보였다.

조금이라도 움직일 것 같으면 몸이 먼저 비명을 질러댔다. 마지막 남은 재생 마법의 시동어가 입술 사이로 흘러나오자, 튀어나왔던 뼈들이 갈라진 상처 안으로 사라진다. 전방으로 높게 시선을 가져가며 몸을 일으켰다.

그때 드래곤은 투견에게 물려 던져진 고양이처럼 허공에 띄워져 있었다.

쿠웅!

드래곤의 그 거대한 몸체가 어떤 산봉우리를 짓뭉갰다. 천지개벽(天地開闢)의 순간에서 나올 법한 굉음이 모든 것을 휩쓸고 지나갔다. 귀를 틀어막았어도 소용없었다.

삐이, 하는 이명(耳鳴)이 화이트 노이즈처럼 울렸다.

구름을 뚫고 내려왔던 거대한 하얀 얼굴은 더 이상 하늘에 없었다.

드래곤의 두 금안에서 줄곧 뻗쳤었던 빛줄기도 멈춰 있었다. 종말의 심판이 끝난 것만 같이, 세상은 한없이 조용해졌다.

그때 조그마한 인영(人影)이 드래곤 미간 사이에서 솟구쳐 나오는 게 보였다. 녀석이 반대쪽 봉우리로 날아가고 있었다.

"$Teleport$"

녀석이 제 앞을 가로막으며 나타난 날 보며 킥킥대고 웃었다.

나는 녀석의 입에 걸린 웃음보다도, 녀석의 오른손에 쥐어져 있는 금빛의 집약체가 더 신경 쓰였다.

— 드래곤은?

녀석은 대답 대신 구(球)의 형태인 그것을 바라보았다. 그 어느 때보다 즐거운 웃음을 짓고 있는 녀석의 눈동자가 기분 나쁜 빛으로 번질거렸다.

불현듯 갑자기 녀석이 씩 웃더니, 그것을 제 입 속으로 집어넣었다.

쏴아!

녀석의 두 눈과 코 그리고 귀에서 금빛 줄기가 뻗쳐 나왔다. 동시에 집약체가 목구멍을 넘어가고 있는지, 둥그런 형체가 녀석의 목을 크게 부풀렸다.

"……!"

몸이 먼저 움직였다.

원기(元氣)가 중완의 할라를 중심으로 소용돌이를 만들었다.

녀석이 저것을 삼키게 놔둬서는 안 된다는 생각이 번뜩 떠올랐고, 동시에 주먹을 내지르고 있었다.

주먹이 녀석의 부푼 목을 깊숙이 파고들었다.

— 안 돼!

비명과도 같은 녀석의 다급한 음성과 함께, 녀석의 벌려진 입에서 쪼개진 금빛 파편들이 쏟아져 나왔다.

녀석도 한 번 토해지기 시작한 것을 어쩔 수 없었던지, 녀석의 입술 사이에서 솟구쳐 나온 것들이 금빛 궤적을 만들며 사방으로 산재해 사라졌다. 빛의 속도 만큼이나 찰나에 사라졌다.

더 이상 녀석의 입에서 금빛 파편들이 나오지 않게 되었을 때, 녀석의 눈이 섬광(閃光)같이 번뜩였다. 그리고 뭔가가 내 목을 향해 득달같이 날아들었다.

나는 그동안 내게 목을 붙잡혔던 이들처럼, 내 목을 움켜잡은 손목을 양손으로 움켜잡았다. 얼음같이 차가운 녀석의 체온이 두 손아귀 안으로 느껴질 뿐, 그 손을 떨쳐낼 수가 없다.

녀석이 이슬람 제국의 칼리프에게 향했었던 분노 어린 시선으로 나를 노려보며 온몸을 부르르 떨었다.

— 애……송……이…….

내 목을 쥐어짜는 힘이 더욱 세져 갔다.

할 수만 있었다면 녀석은 그대로 내 목을 꺾었을 것이다.

그렇지만 정신의 끈을 놓치려던 무렵에 공기가 폐부 안으로 확 들어왔다.

나는 양손으로 땅을 짚으며 숨을 몰아쉬었다.

그러고는 목을 쓰다듬으며 천천히 일어섰다. 나를 노려보는 녀석의 표정이 한없이 싸늘하기만 한데, 나는 녀석의 어깨너머로 보이는 광경에서 눈을 떼지 못했다.

드래곤의 사체가 뭔가로 변하고 있었다.

그 일은 빠르게 일어났다.

그곳만이 이로 헤아릴 수 없는 빠른 속도로 시간이 흐

르는 것 같았다.

드래곤의 사체가 순식간에 썩어서 토양으로 변했고, 그 위에 크고 푸른 거목들이 빼곡하게 자라나는 것이었다.

＊　　　＊　　　＊

끝난 것인가…….

산으로 변한 드래곤의 사체, 분노한 흑천마검.

그것들을 앞에 두고 갑자기 다리에 힘이 풀렸다.

나는 뭔가에 어깨가 짓눌린 것처럼 털썩 주저앉고 말았다.

이어서 몸도 뒤로 넘어갔다.

재생 마법으로 인해 더할 나위 없이 쾌적한 상태임에도 불구하고, 몇 번이나 압사(壓死)되고 끊겼던 사지와 밟힌 토마토마냥 터졌었던 두 안구가 화끈거렸다.

그때 질렀던 비명도 으아아아악, 환청으로 들렸다.

저절로 떠오른다.

안구가 터지면서 피가 분사되고 허연 지방질마저도 찐득하게 흘러나왔었다.

사지(四肢) 또한 고기 분쇄기가 간 고기를 내보내는 것처럼, 찢어진 피부 틈 사이로 근육질과 지방질 그리고 피와 뼛가루들로 뭉쳐진 덩어리들을 뽑아냈었다.

몇 번이나 넘었다가 돌아온 그 죽음의 문턱이 너무도 선명했다.

이 모든 통증이 환지통(幻肢痛)과 비슷한 감각이상 증세라는 것을 알면서도, 내가 할 수 있는 일이라고는 나를 죽일 듯이 노려보는 흑천마검을 똑같이 노려보는 것뿐이었다.

나는 상체를 일으키려 했다.

그때 흑천마검이 발로 내 가슴을 짓눌렀다. 그러고는 아무런 말이 없이 나를 내려다봤다.

차라리 어떤 분노를 터트리길 바랐다.

그러나 흑천마검은 차갑게 가라앉은 눈으로 나를 한참 동안 내려다보다가, 마검의 형상으로 돌아갔다.

— 드래곤을 잡은 건 나다. 물론 네 조력(助力)을 부정하는 것은 아니다. 네가 아니었으면 힘들었겠지. 하지만 내가 주도했고 목숨을 걸었던 것도 나다. 나는 몇 번이나 죽다 살아났지. 그런데도 넌 혼자서 그것을 전부 차지하려고 했다.

조용하다.

— 드래곤은 아직도 넷이나 남았다. 다음번에도 이렇게 과욕을 부린다면, 우리는 지금처럼 무엇도 얻지 못할 거다. 그것을 온전히 네가 전부 차지하고 싶다면, 너 스스로

가 사냥해서 얻어야지.

기대를 했지만, 끝까지 녀석에게선 대답이 없었다.

그렇겠지.

핑계에 불과하다는 것을 모를 리가 없었을 것이다.

하지만 녀석과의 어긋난 관계를 계속 신경 쓰고 있기에는, 이 세상 어딘가에 동지를 잃은 드래곤 넷이 더 있었다.

더욱이 감각이상 증세로 온몸이 불에 덴 것처럼 화끈거리고 눈이 계속 감겨왔다.

난 곧 정신을 잃을 것이다.

이 상태에서 다른 드래곤들이 합세한다면 결과는 뻔했다.

지면에 떨어진 흑천마검을 주워들고, 그것을 지지대 삼아서 몸을 일으켰다.

일단 이 세상에서 벗어나야 한다.

중원과 현실.

두 세상을 놓고 고심했다.

그러나 애초부터 내게 남겨진 선택지는 하나였다.

동귀어진 상태에서 멈춰진 중원에는 지금 이대로 돌아갈 수 없다.

현실 세상을 떠올리며 흑천마검으로 공력을 흘려보냈다.

흑천마검은 내게 협조할 마음이 절대 들지 않겠지만, 시공 이동만큼은 녀석을 품고 있는 내가 가지고 있는 몇 안 되는 절대적인 권리 중 하나였다.

쏴악!

항공모함 갑판 위에서 바라본 해안 쪽으로는 다나 샤론
과 푸니타가 맥주캔을 기울이고 있고, 그 위 하늘은 여전
한 석양으로 불긋게 물들어 있었다. 환상 세계 안에서 처
참한 폭격 현장으로 변해 있었던 섬은 다시 평화로웠다.

그 광경을 마지막으로 눈이 감겼다.

*   *   *

"정? 정?"

푸니타였다.

푸니타가 놀란 얼굴로 두 눈을 **깜빡깜빡**거리고 있었다.

나는 침대에서 몸을 일으키며 주위를 둘러보았다. 저택
의 침실 안. 벽장 옆에 비스듬히 세워져 있는 흑천마검을
발견하고 안도의 한숨을 내쉬었다.

녀석이 사라지지 않은 것은 정말 의외였다.

이 세상 안에서라면 혼자서 돌아다니다가 위험에 처할
일이 없었으니, 나는 녀석의 가출을 각오하고 있었다. 그

래서 사라지지 않고 여전히 내 곁에 남아 있는 녀석의 꿍
꿍이가 무던히도 신경 쓰인다.

"푸니타."

바깥으로 사람들을 부르려고 나가던 푸니타를 멈춰 세
웠다.

"모두가 걱정하고 있었어요. 정말 괜찮은 거예요?"

푸니타가 말했다. 그러고 보니 감각이상 증세는 사라져
있었다.

"얼마나 지났지?"

"네? 아…….."

내 마음은 급한데, 푸니타는 영문 모르게 당황하고 있
었다.

"며칠이 지났냐고 물었다. 어서."

"삼 일, 삼 일이요."

삼 일이라.

삼 일은 짧으면서도 어떤 일이든 일어날 수 있는 시간
이었다.

그러던 문득 눈물을 글썽거리고 있는 푸니타가 보였다.
그제야 나는 그녀에게 했던 실수를 비로소 알아차리고 보
다 부드러워진 어투로 말했다.

"나가 있으세요. 푸니타. 내가 깨어났다는 것은 당분간

아무에게도 말하지 말아야 합니다."

"정말 괜……."

"나가 있어요. 조금 쉬어야겠습니다. 다시 말하건대, 누구도 부르지 마세요. 그리고 화를 냈던 건 아닙니다. 그건…… 나가세요."

푸니타는 간신히 눈물을 참은 얼굴을 비친 뒤, 내 시선을 피하며 그렇게 하겠다고 대답했다.

그녀가 나가고 나서 문을 잠그고 침대에 편안한 자세로 누웠다.

옥제황월의 생사가 불투명하다.

나보다 먼저 드래곤과 싸웠던 것이 분명했는데, 단언컨대 멀쩡할 리가 없었다.

그렇다고 드래곤들이 놈을 제거해 버렸다는 생각은 들지 않는다. 드래곤들 입장이야 시간의 흐름을 간직하기 위해서 백운신검을 붙잡고 있어야 하는 상황이 아니었던가?

그래도 내가 드래곤 하나를 처치했던 일이 어떤 연쇄 작용을 만들었을지 모르기에, 중원 세상을 확인해야만 한다.

중원 세상으로 가기 전, 바로 메모라이즈 작업에 들어갔다.

동귀어진 때문이었다.

푸니타는 내가 당부했던 말을 지켰다.

세 시간 동안 아무도 들어오지 않았다. 나는 재생 마법 하나를 서클에 심어 놓고선, 벽장에 기대 세워져 있는 흑천마검을 집어 들었다.

인황(人皇)의 동귀어진을 염두하며 공력을 검신 안으로 흘려보냈다.

푸른 빛무리가 휘감아 돌았다.

쏴악!

뭐지?

그 생각이 제일 먼저 들었다.

당연히 일어나야 할 일은 일어나지 않았다. 대신 오로지 나 혼자서만 인황과 결전을 벌였었던 절벽 사이에서 떨어져 내리고 있었다.

불길한 예감은 어김없이 들어맞고 마는 것인가?

시간이 흘러버렸다?

옥제황월이 드래곤들의 속박에서 벗어났다는 것인가?

그렇다면 언제?

최대로 잡으면 삼 일 전, 확인해야 한다.

허공을 밟고 뛰어 올라 절벽 끝자락을 딛고 섰다.

장강은 고요했고 인황은 어디에도 없었다. 시간이 흘러
버린 것이 틀림없겠지만, 그렇다면 놈은 필시 죽어서 장
강 어디쯤에서 물고기 밥으로 사라졌을 것이다. 놈을 더
이상 신경 쓸 필요가 없어졌다. 그보다 급한 건 흘러버린
시간이다.

"$T\varepsilon\lambda\varepsilon\pi o\rho\tau$"

옥제황월이 돌아올 것을 대비하여 혼심사문의 절진을
심어 둔 그곳으로 공간 이동했다.

호북성 양조 황금장.

황금장은 한창 보수 공사 중이었다.

옥제황월이 마지막으로 사라졌던, 그러니까 그의 침소
가 있던 전각 전체가 붕괴되어 있었다.

역시나 놈이 중원으로 돌아온 것이다.

나는 빠르게 황금장의 주인 백환명으로 추정되는 기운
을 쫓아 움직였다. 그는 접빈(接賓)이 이뤄지는 영웅각에
서 당대의 무림 인사들과 회합을 나누는 중이었다. 전음
으로 그를 불러들였다.

잠시 후, 백환명이 은밀히 전각들을 돌아서 내 앞으로
날아들었다.

"독아진류회 삼(三) 회주, 하교 백환명이 교주님을 뵈옵니다. 지유본교. 천유본교. 천세만세. 마유혈교."

그러고는 덧붙여 말했다.

"전(前) 맹주는 놓치고 말았습니다. 송구스럽습니다. 너무도 강했던지라……."

"언제였느냐?"

백환명은 보고를 받지 않았냐고 되묻는 대신, 고개를 더 깊게 조아렸다.

"삼 일 전 이 무렵에, 절진이 발동되었습니다."

"그리고?"

"그가 반 시진 만에 절진을 파훼하고 형문산 방향으로 도주하였습니다. 추살대(追殺隊)를 붙였으나 아직까지 행방이 묘연합니다."

"지난 삼 일 간, 본교에서는 별다른 소식이 없었느냐?"

"예."

"그럼 됐다. 그놈은 내가 추살하지. 백가장의 정체가 발각되는 일은 없도록, 본교에서 손을 쓸 것이니 그 일은 걱정 말거라. 수습해야 할 일들이 많을 것 같은데, 그만 돌아가도 좋다."

"존명(尊命)."

아직 마음을 풀긴 이르다.

섬서성 도읍, 색목도왕이 머물고 있는 대전(大殿) 안.

"색목도왕!"

나는 색목도왕을 부르짖으며 뛰어 들어갔다.

그러면서 일대의 광경을 유심히 지켜봤는데, 어떤 특이할 점을 찾을 수 없었다.

무소식은 희소식이다.

삼 일이란 시간이 흘렀지만, 내게 위협이 되지 않는 식으로 흐르고 있었던 것이다.

색목도왕에게도 직접 확인했다.

본교의 일을 세세히 물었을 때 들려오는 대답이라고는, 게릴라처럼 남아버린 잔당들에 관련된 일들뿐이었다. 그 어디에서도 옥제황월의 흔적이 없었다.

옥제황월은 삼 일 전에 이 세상으로 돌아왔지만 바로 숨어버렸다.

비로소 나는 웃을 수 있었다.

"크크큭……."

놈이 호랑이를 피하다가 여우 굴에 갇힌 것인지, 여우를 피하다가 호구(虎口) 안으로 뛰어든 것인지는 중요하지 않다.

이제야.

드디어 놈을 사냥할 수 있는 상황에 이르렀다.

색목도왕에게 명령을 내렸다.

본교의 총력(總力)을 다해서 놈의 행방을 쫓으라고 말이다.

놈을 발견하면, 내가 간다.

제5장

완전한 백골(白骨)

　마법 결정들을 채워 넣는 데 걸린 시간은 만 하루, 거기에 운기행공까지 마치고 나자 두 번의 밤이 지났다.

　동녘에 해가 뜰 무렵 처음으로 침소에서 나왔다.

　아침부터 바람이 세다.

　대전 제일 높은 지붕 위에서 힘차게 펄럭이고 있는 붉은 교기(校旗)에서 시선이 멈췄다. 천하를 붉은 물결로 물들였던 이 세상의 뜨거웠던 여름이 지나가고 있었다.

　가을이 되고 있었구나.

　이 세상에서는 현재 진행형이지만, 내게는 모든 게 오래전의 일이었다.

지난 3년이란 시간 사이에 생기는 괴리감이 입맛을 씁쓸하게 만드는 가운데, 성(星) 마루스에서 있었던 일들이 주마등처럼 스치고 지나갔다.

드래곤이란 광오한 존재 때문에 오랜 시간을 그곳에서 묶이고 말았지만, 결과적으로는 많은 성취를 얻은 시간들이었다.

어찌 됐든 흑천마검뿐만 아니라 백운신검까지 이 세상으로 넘어오고 말았으니, 그 광오한 존재들이 우려하던 대로 저 세상은 다시 멈추게 되었다.

"큭큭."

옥제황월을 떠올리자 웃음이 나왔다.

나로 인해서 백운신검의 진정한 주인이 되었고, 그 능력으로 나를 피해 그리도 염원해 왔던 고향세상으로 돌아갈 수 있었다.

거기서 끝났으면 해피 엔딩의 어느 동화처럼 전화위복(轉禍爲福)으로 그쳤을 터일 테지만 예기치 못했던 일이 일어났다.

시공의 흐름을 못마땅해한 신적인 존재들이 본래 거기에 있었고, 그들은 그들의 필요에 의해 놈을 속박했다.

내가 할라를 수련하고 마법을 익히는 동안에도, 찬란했던 놈의 제국이 나로 인해서 일개 왕국으로 전락하는 그 시간 동안에도, 놈은 그 상황에서 벗어나질 못했다. 그러다 내가 드래곤을 처치한 일이 어떤 계기가 되어서, 다시 중원으로 돌아올 수밖에 없게 된 것이었으니 참으로 다난(多難)한 인생사가 아니겠는가.

교도 둘이 이틀 만에 침소에서 나온 나를 발견하고 빠른 걸음으로 다가와 허리를 깊게 숙였다.

"교주님을 뵈옵니다."

"교주님을 뵈옵니다."

본산에서 파견된 내당(內堂)의 여고수들이었다. 지척에서 내 침소 문이 열리는 것을 항상 주시하고 있었던 모양이다.

"의관을 정제(整齊)해야겠다."

지난 3년간 한 번도 머리를 다듬은 적이 없었다. 어느덧 길어버린 뒷 머리카락이 허리까지 축 내려와 있었고, 앞 머리카락도 묶거나 고정시켜 두지 않는다면 계속해서 얼굴을 가렸다.

나는 그렇게 툭하고 내뱉고는 다시 침소 안으로 들어갔다.

시녀들의 시중을 받아 목욕을 마치고, 중원 최고의 복두장(襆頭匠)이라는 노인에게 머리카락을 잘랐다.

한때는 대국 황제의 복두를 담당했던 자로 제자에게 그

일을 물려주고 나온 이었다. 그럼에도 불구하고 그는 염라대왕의 심판대에 선 망자(亡者)처럼 잔뜩 긴장해서, 몇 번이나 가위를 놓치곤 했다. 내가 폭군(暴君)이었다면 그의 목 또한 가위 함께 떨어졌다.

모처럼만에 몸 정돈을 끝냈을 때, 색목도왕이 나를 찾아왔다.

내가 폐관(廢館)을 깨기만을 기다리고 있던 그였다.

"소마가 반갑지 않으십니까?"

색목도왕이 그다운 사람 좋은 얼굴로 말했다.

그는 내가 다른 세상에서 오랜 시간 동안 머물렀던 것을 눈치채고 있었다. 구태여 현실 세상의 의복과 자란 머리카락이 아니더라도, 절정 고수의 예리한 눈으로 내 얼굴에 자리한 흘러간 시간의 흔적을 발견할 수 있었으리라.

"3년이었다. 본 교주의 고향 세상이 아니라 옥제황월의 세상 안에서였지."

솔직히 밝혔다.

지금이라도 색목도왕과 흑응혈마만큼은 내가 속한 세상을 알고 있어야 한다고 생각했다.

"……그런 것이었군요."

옥제황월이 다른 세상에서 온 놈이라는 것을 몰랐던 색

목도왕으로서는 실로 놀라운 이야기였을 것이다.

그가 깊은 생각에 빠져 있다가 문득 말했다.

"소마, 지난 이틀간 밤잠을 이루지 못했습니다."

나는 담담히 고개를 끄덕였다.

"아니 그렇겠습니까. 본교의 군사(軍師)를 찾기 위해, 소마를 이 대전에 남겨 두고 홀로 떠나셨던 교주님께서 몇 년의 세월이 흐른 모습으로 갑자기 나타나셨습니다. 그리고는 옥제를 찾으라 명하신 후에 바로 폐관에 드셨지요."

"어디서부터 시작해야 할지 모르겠군. 내게는 3년이란 시간이 지나갔지만, 그대에게는 어제와 다를 바 없는 오늘일 테니까."

"들을 때마다 참으로 신통하고 묘한 일입니다. 헌데 소마는 교주님과 본교의 안위가 걱정됩니다. 교주님께서 홀로 보내셨다는 지난 삼 년간, 교주님께 무슨 일이라도 일어났다면 소마와 교도들은 어찌 견딜 수 있겠습니까. 혈천하(血天下)의 근본이 바로 교주님이십니다."

마지막에 이르러서야.

"헌데 어떻게 된 것입니까? 옥제의 세상은 어떤 곳이고, 거기에서는 무슨 일이 있으셨던 것입니까?"

색목도왕의 금색 눈동자가 호기심으로 반짝거렸다.

나는 긴 이야기가 될 것 같아서 좌탁으로 자리를 옮겼다.

"그대도 알아야겠지. 지금은 그 세상으로 다시 갈 일이 없을 것 같다만, 모르는 일이 아니더냐."

돌이켜보건대, 모든 것이 내 생각대로만 흘러가지 않았다.

뜻하지 않은 풍랑(風浪)에 이리저리 휘말렸던 순간들이 많았다. 인간의 영역을 넘어선 초자연적인 존재들에 의해서 말이다.

"혹은 본 교주가 다른 세상에 있다 하여도 그대의 시간이 흐를 경우도 염두에 두어야 할 테니."

"교주님께서 다른 세상으로 가시면. 그러니까, 그러니까…… 소마의 시간은 멈추는 게 아니었습니까?"

색목도왕도 그간의 학습을 통해 이 초자연적인 현상을 어느 정도 이해하고 있었다.

"그럴 가능성도 있다는 말이다. 그럴 일은 최대한 일어나지 않게 할 것이나, 만일 본 교주가 갑자기 실종해서 오랫동안 나타나지 않는다면, 그런 경우를 염두에 두어야 한다는 것이다."

지난 시간대, 폐허가 되어 버린 본교의 모습이 어쩔 수 없게 떠올랐다.

나는 그 참상까지 말해 주려다가 그만두었다. 지금처럼 내 기억 속에서만 자리하고 있는 편이 낫다고 생각했다.

다만, 그런 일은 절대 일어나지 말아야겠지.

드래곤이 빠트렸던 환상 세계까지 다시 떠오르자 이가 바득바득 갈렸다.

"복잡하군요."

색목도왕이 솔직한 심정을 토로했다.

"허나 그런 일이 일어난다 하더라도, 본 교주는 다시 돌아오고 말 것이다. 그동안 그대와 흑웅혈마가 본 교주를 대신하여 교도들을 살펴야 할 것이다."

"그리하겠습니다만…… 이러다가 어느 날 갑자기, 소마와 같이 늙어 버린 교주님을 뵈는 게 아닐까 싶습니다."

색목도왕이 미소를 지었다.

나는 그 미소에서 가족의 품에 돌아온 것 같은 온기(溫氣)를 느낄 수 있었다.

"그런 일은 없을 것이다."

하지만 나부터가 확신을 할 수 없는 미래를 색목도왕 또한 느꼈는지, 그의 얼굴에 드리워 있던 미소도 천천히 옅어졌다.

색목도왕은 들었던 찻잔에 입에 대지 않고 다시 내려놓았다.

"교주님께서 폐관하신 동안, 이 장로가 사로잡은 잔당들에 대한 처분에 대해 물어왔습니다."

색목도왕이 의도적으로 화제를 바꿨다.

"처분?"

"예."

"그 일은 흑웅혈마에게 일임하지 않았나?"

"명문(名門)의 인사들이 적지 않습니다. 이를테면 화산과 종남의…….."

더 들을 것 없었다. 색목도왕의 말을 끊고 내 뜻을 밝혔다.

"흑웅혈마답지 않군. 살려 두어봤자, 화근(禍根)이 될 것이다."

"하오……면?"

"살(殺)."

간단하게 대답하는 것으로 거기에 대한 모든 신경을 끊고, 색목도왕과 나눠야 할 본론으로 들어갔다.

"생각해 보니 그간 본교는 삼황을 행방을 쫓는 데 심혈을 기울이고 있었더군. 그런데 갑자기 나타나서 옥제를 찾으라고 했으니, 그대가 많이 당황했을 것 같았다. 아니 그러했는가?"

색목도왕은 나를 멍하니 바라보고 있었다.

내가 턱짓을 해 보이자, 색목도왕이 눈을 바로 뜨며 입을 열었다.

"하오면 삼황은 어찌 되는 것입니까? 옥제가 그들과 결탁을 하고 대국 황제까지 연계를 이룰 수도 있지 않습니까?"

"그대도 알다시피 지황은 사지 중 하나가 잘려서 도망쳤다. 그리고 그대에게 아직 말해 주지 않은 사실이 있는데, 인황(人皇)은 죽었다."

색목도왕의 큰 눈이 부릅떠졌다.

"인황은 그 혼자서 혈마일군의 발을 묶었을 만큼, 실로 대단한 고수였지 않습니까? 그자와 겨루셨던 것입니까?"

"장강에서."

색목도왕이 놀랍고 기쁜 표정을 지었다.

"본 교주의 명은 그대로다. 옥제의 행방을 쫓는 것을 최우선으로 하되, 천황이나 지황이 개입된 것이라 추정되는 보고가 올라오거든 즉각 알려……."

말을 채 마치지 못하고 눈살이 찌푸려졌다.

"왜 그러십니까?"

"인황…… 아무래도 다시 확인해 봐야겠군."

물고기가 다 뜯어먹지 못한 뼈 한 조각이라도 찾아내야, 놈의 죽음을 확신할 수 있을 것 같았다.

　　　　　　*　　　　*　　　　*

　그렇지 않아도 귀부(鬼斧)로 내려친 것만 같은 장강의 나란한 절벽들이, 그때의 격렬했던 싸움의 흔적을 말해 주듯 기괴한 형태들로 쪼개져 있었다. 나는 놈과 결전을 치렀던 곳을 시작으로 물줄기를 따라 움직였다.

　주로 강변을 따라서 걸었다.

　강폭이 줄어들어 허연 물보라로 격랑(激浪)이 몰아치는 곳을 보면, 시신의 어떤 흔적도 찾을 수 없을 듯 보였다.

　놈은 살아날 길이 없었다.

　그야말로 생명의 원천을 뽑아내며 나와 함께 저승길로 가려던 놈이었다.

　한 번 태워버린 원기(元氣)를 다시 되돌릴 수 있는 방법은, 심지어 나조차 알지 못했다. 그로부터 오 일이 지나 필시 물고기 밥이 되어 사라졌을 놈의 시신을 찾아 헤매는 것이 헛고생이라는 생각이 든, 바로 그때 뭔가가 내 눈에 밟혔다.

　그것은 사람 하나 간신히 들어갈 법한 조그마한 구멍이었다.

　장강의 절벽에서 그와 비슷한 구멍들을 많이 발견할 수

있음에도 불구하고, 그것이 내 눈에 뜨인 이유는 세월의
풍파로 자연히 생긴 것이 아니라 인위(人爲)적인 결과물이
분명했기 때문이다.

탓!

그쪽으로 튀어 올랐다.

동굴이라고 하기에는 무척이나 협소한, 두 평 남짓의
구멍 안이었다.

그 안에 들어서자마자 얼굴이 구겨졌다.

크고 작은 돌들로 쌓아 만든 무덤이 바로 내 앞에 있었
다.

비석의 비문.

심후한 지력(指力)으로 새겨놓은 그것에는 이렇게 써져
있었다.

[무신(武神) 인황, 여기 잠들다.]

*   *   *

팡!

쌓여 있던 크고 작은 돌멩이들이 쪼개진 비석과 함께
사방으로 날아갔다.

돌무덤 안에 감춰져 있던 것이 드러났다.

완전한 백골(白骨)!

흘러갔던 시간 삼 일에 폐관하였던 이틀.

합(合) 오 일밖에 지나지 않았건만 송장의 살이 모두 썩어 있었다.

그 백골은 놈을 규정할 수 있는 골격적 특징과 정확히 맞아 떨어졌다. 특히나 동귀어진 직전에 타격을 입혔던 바로 그 지점 3, 4, 5번 늑골 부위가 전부 떨어져 나가 있었다. 이로써 백골은 의심할 나위 없이 인황, 바로 놈이었다.

역시나 놈은 그 상태에서 살아날 길이 없었다. 그런데 비문은 무엇이고, 비(非) 정상적인 부패 속도는 무엇이란 말인가?

놈의 시신을 수습한 것이 삼황 중 누군가라면 이렇게 으슥진 곳에 무덤을 숨겨 놓았을 리는 없다. 그들의 비처에서 제대로 된 장례를 치렀겠지.

그렇다면 죽어 가던 놈을 누군가 발견하였고, 놈은 죽어가면서 제 모든 것을 그자에게 전승(傳乘)했을 수도 있다는 생각에 미쳤다. 그 옛날 전대 교주가 내게 그러했듯이 말이다.

하면 대체 누구지?

옥제황월?

놈은 아니다. 놈이 무슨 수로 여기를 알고 올 수 있단 말인가?

무덤 주위에서 더 이상 찾을 게 없던 나는 그곳에서 뛰어내렸다.

장강 일대를 수소문(搜所聞)해 볼 요량으로, 물줄기를 따라 내려가다가 마주친 첫 포구(浦口)로 들어갔다.

본교를 나오면서 도포와 검집을 평범한 것으로 구비했기 때문에 나를 눈여겨보는 이가 없었다. 내게 관심을 주기에는, 얼굴에 몇 개의 검흔을 훈장처럼 가지고 다니는 무인들이 일거리를 찾아 돌아다니고 있었기 때문이다.

실제로 도선장 주위에서는 그들과 상단 그리고 윤선(輪船) 주인들 사이에 벌어지는 흥정을 자주 볼 수 있었다.

하나씩 걸러내면서 귀를 기울여 볼 법한 대화가 있는지 찾고 있던 그때였다.

그림자 두 개가 내 쪽으로 기울어져 왔다.

고개를 들자 한 장년인이 맞네 맞아, 라면서 즐거워했다.

"위 소제(小弟)! 여기서 다 보는구만! 인상이 너무도 달라져서 그냥 지나칠 뻔하였어!"

어디서 보았더라?

음…… 아!

장강쌍협 일금선(一金燭) 독고야와 상패검(上覇劍) 장일삼.

황금장에 머물렀던 당시 같은 백실(白室)을 썼던 무림인사였다.

나는 오래전 기억 속에서 그 둘을 간신히 기억해 냈다.

그러나 내게서 별 대꾸가 없자 두 장년인의 얼굴이 찌푸려졌다.

독고야가 먼저 노한 눈으로 나를 쳐다보다가 등을 돌렸다. 장일삼도 자리를 떠나려고 반쯤 몸을 틀었었는데, 생각이 바뀌었는지 독고야를 멈춰 세웠다.

"기다려보게. 우리를 기억 못 할 수도 있지."

"갈 길이나 감세."

"옷깃만 스쳐도 인연이라는데, 무슨 사연인지나 들어주는 게 어떻겠나. 표정이 영 심각한 게 사정이 있는 듯 보이는데."

"시간이 촉박하다니까."

독고야가 뒷짐 지고 서서 부채를 펼치며 말했다. 장일삼이 그런 독고야를 무시하고 내 쪽으로 왔다.

"위 소제. 날세. 장일삼. 하루뿐이었지만 황금장에서 같은 방에 묵었지 않나?"

이 둘을 무시하려고 하다가, 이 둘이 장강에서는 제법 위명(威名)을 떨치고 있다는 사실까지 기억해 낼 수 있었다.

일대에 어떤 소문이 번지고 있다면 바로 이 둘을 거쳤으리라.

"장강에 오면 우리를 찾으라 하지 않았던가."

천하를 종횡(縱橫)하여 지나는 거대한 물줄기, 장강.

장일삼은 이역만리에 달하는 그 지역 모두가 자신의 집인 것처럼 말했다.

"소제. 무슨 생각을 하고 있었길래, 그리도 심각한 얼굴을 하고 있었던 겐가? 말해 보게. 우리가 도울 수 있는 일일지도 모르지 않나?"

"선배도 몰라보는 것을 도와주긴 무슨! 시급한 일을 놔두고 뭘 하는 겐가."

독고야가 뒤쪽에서 못마땅한 얼굴로 툴툴거렸다.

"이 사람아! 위 소제의 본가(本家)가 사천에 있다 하지 않았던가."

장일삼이 그렇게 따끔하게 소리 높였다.

독고야가 미처 거기까지 생각하지 못했다는 듯, 아! 하고 탄식을 토했다.

"본가의 소식을 알 길이 없는 겐가?"

독고야는 노한 표정을 지우며 내 앞으로 다가왔다.

처음에는 이들이 무슨 소리를 하는지 몰랐다. 지난 3년 간 지나가 버린 시간이 아니었다면 금방 눈치챘었을 테지만, 이들의 말뜻을 이해하기까지 약간의 시간 차이가 있을 수밖에 없었다.

내가 대답하지 않고 가만히 있는 것을 제멋대로 해석한 장일삼과 독고야가, 나를 향해 측은한 표정을 지었다.

"국경을 넘을 방법을 찾는 것이라면…… 장강도 소용 없네."

독고야가 환자에게 시한부 인생을 통보하는 의사처럼 말했다.

"대신 여기에는 자네와 같은 처지의 동도(同道)들을 많이 찾아볼 수 있다네. 그들 모두는 한데 모여 연무(硏武)에 힘을 쏟고 있지. 마침 우리가 가던 길이기도 하니 그들을 소개 시켜 주고 싶은데, 소제 뜻은 어떤가?"

"괜찮습니다."

나는 처음으로 이들에게 입을 열었다.

담담한 내 어투를 오인한 둘의 표정이 더욱 어두워졌다.

"소제의 심정은 이해한다만, 너무 낙담하지 말게나. 사막에나 숨어 있던 무리들이 큰 나라를 어찌 다스릴 수 있겠나. 민심(民心)을 얻지 못한 나라의 전철을 고스란히 밟게 될 것이고, 무림 영웅들에 의해 다시 사막으로 돌아가게 될 거네. 장담하지. 그리 오래 걸리지 않을 걸세."

본교가 사막으로 돌아가?

중원으로 돌아온 이후로 들은 소리 중에 가장 웃기는 소리다.

옥제황월과 삼황을 끝장내는 대로, 본교의 혈마군은 사막으로 돌아가기는커녕 국경을 넘어 남은 천하까지 삼켜 버릴 것이다.

조만간 천하 곳곳에, 하북 황성에서 제일 잘 보이는 곳까지 본교의 깃발이 휘날릴 것이다.

나는 피식 웃었다.

"허?"

독고야가 언제 나를 위로하고 있었냐는 듯 바로 성난 이빨을 드러냈다.

장일삼이 독고야에게 고개를 저어 보였다. 그런 다음 뭐라고 분노를 터트리려던 독고야를 뒤쪽으로 끌고 갔다.

둘이 귀엣말로 속닥였다.

"왜 막는 겐가. 저 괘씸한 것에게 한마디도 못하나?"
"사람하고는."

"가족을 잃은 게 저 혼자만인가? 구파일방 중 오 개파가 멸문하고 일파가 봉문하였어. 이럴 때일수록 후배들이 마음을 다잡고 훗날을 기약해야지. 저리도 무너져서 선배까지 몰라보는 꼴이라니. 무림의 기강(紀綱)을 이리도 해이해졌으니, 훗날은 무슨 훗날."

"마음 좀 너그러이 쓰시게. 가족의 생사를 모르거니와 돌아갈 날조차 요원한데, 저 정도면 양호하지. 정호방에서 왔다던 그치 생각 안 나나?"

"에잉. 낭떠러지에 몸을 던질 용기가 있었다면, 그 용기로 마두들과 맞서 싸울 생각은 왜 못할까. 그 심약(心弱)한 놈은 다시 꺼내지 말게. 왜 자네는 자꾸 저런 것들을 옹호하는 겐가?"

"자네가 잊고 있는 것 같으이. 위 소제는 황금장의 이 공자와 친분이 깊네."

"흠."

"구 대협이 우리의 청을 거절한다면, 차선을 생각해 두어야지 않겠나?"

"하긴 그냥 수적(水賊)도 아니고, 수로채주와 얽힌 일. 구 대협이라 하더라도 흔쾌히 들어줄 만한 청이 아니긴 하지. 그래서? 저것이 정말 황금장에 그만한 입지가 있을까?"

"끈은 되어 줄 수 있다고 보네."

"잘 모르겠군."

"시도는 해 볼 수 있지 않겠나? 황금장까지 가세한다면, 그 위세가 하늘을 찌르고 있다 해도 남궁가의 여식과 강제로 혼례를 치르지 못할 거네."

"저것이 우리를 따라올까?"

"우리가 누구를 찾아뵙는 길인지 알면, 누군들 따라오지 않을 수 있겠는가."

장일삼과 독고야가 누구를 찾아가는지는 조금도 궁금하지 않다.

다만 그 둘의 대화에서 언급되었던 한 사람, 남궁가의 여식.

그녀가 살아 있단 말인가?

남궁화의 상단이 타고 있던 윤선은 결전의 여파로 난파되었다.

전부 장강의 격랑에 쓸려서 죽을 거라고 생각했었는데, 만일 거기서 살아남은 자가 있다면 그자야말로 나와 인황이 벌였던 결전의 최후 목격자이며 시신을 수습했던 자일 수도 있지 않은가?

"위 소제."

장일삼이 웃으면서 다가왔다. 나는 그 얼굴에 대고 말했다.

"따라가지요."

장일삼이 잠깐 멍해졌다가 기쁜 표정을 지었다.

"두 분께서는 급한 일이 있으신 듯한데, 어디로 가시는 길이십니까?"

어떻게 말문을 열어야 할지 모르던 와중에, 내가 먼저 언급해 주니 장일삼으로서는 참 고마웠을 것이다. 장일삼이 기다렸다는 입을 열었다.

"수룡검왕(水龍劍王) 구왕일 대협께 가는 길이네."

삼제오왕십절 그중 오왕에 해당하는 인물.

그러고 보니 전쟁 중이나, 전쟁이 끝난 후에도 그에 대한 보고가 자주 올라왔던 기억이 있다.

"놀라지 않는군. 설마 수룡검왕 구왕일 대협이 누구인지는 모르는 건 아닐 것이고?"

독고야가 내 얼굴을 흘깃 쳐다보며 말했다.

"압니다."

"헌데?"

"천하가 쪼개질 때, 장강에서 사리사욕(私利私慾)을 꾀하고만 있던 자라는 것도 압니다."

오히려 독고야보다도, 그간 내게 호의적이었던 장일삼이 처음으로 나를 노려보았다.

"틀린 말도 아니지. 흥!"

독고야까지 그렇게 말하자, 장일삼은 수룡검왕 구왕일을 비롯한 중원의 정도 세력이 뭔가 하기에는 혈마교가 너무도 빠르게 파죽지세로 전쟁을 끝냈다고 항변했다.

독고야와 장일삼은 그 일을 두고 투닥거리며 계속 시가지를 걸어 나갔다.

본교와 대국의 전쟁으로 인해 중원의 장강은 바야흐로 주인이 바뀌었다.

그간 무림맹과 관군의 힘에 짓눌려 있던 장강의 흑도 세력이 물줄기와 큰 호수들을 완전히 차지하는 동안, 수룡검왕 구왕일은 대국 책임론(責任論)을 주창하며 장강 일대에서 세력을 키워갔다.

본교의 땅에서 도망친 정도 무림인들과 사천 출신의 '위효자'처럼 고향으로 돌아가지 못하는 이들이 그의 휘하로 들어가면서, 수룡검왕 구왕일의 세력은 빠르게 성장해 장강수로채의 흑도 세력과 비등한 지경에 이르렀다.

어쩌면 대국이 당면한 제일 큰 문제는 휴전 상태의 본교가 아니라, 무력 집단에게 빼앗겨버린 장강이라고 할 수 있었다.

자고로 장강을 지배하는 자, 천하를 지배한다는 말이
있지 않은가.

*　　　*　　　*

"수룡검왕은 왜 찾아뵙는 겁니까?"

내가 묻자.

"중재해야 할 일이 있네."

"빠른 시일 내에."

장일삼과 독고야가 차례대로 말했다. 그것을 끝으로 조
용히 목적지를 향해 걷던 와중에, 장일삼이 문득 말을 꺼
냈다.

"장강수로채와 남궁세가 사이의 일이네. 지금 소제에게
알려 줄 수 있는 건 거기까지. 하지만 섭섭해하지 말게나.
어쩌면 소제도 곧 알게 될 터이니."

수룡검왕의 대장원.

그곳이 가족과 집을 잃은 무인들이 모여 있는 곳이라고
만천하에 공표하듯, 그네들이 지르는 악에 받친 기합 소
리가 담장 너머 먼 곳까지 울리고 있었다.

정문을 지키고 있던 무사들은 장강쌍협 일금선 독고야와 상패검 장일삼을 한눈에 알아보았다.

독고야와 장일삼은 리무진에서 내린 스타가 파티홀로 들어가는 것 같이 수룡검왕의 장원 문턱을 자연스럽게 넘었다. 그 둘과 동행하고 있던 나도 어떤 질의를 받지 않고 장원으로 들어갈 수 있었다.

이 훌륭한 장원은 본래 수룡검왕의 소유가 아니었다.

수룡검왕에게 호의적인 장일삼은 김가(金家)에서 장강의 안위를 위해 정도 무림인들에게 베푼 것이라 말했지만, 수룡검왕의 위세에 짓눌린 김가가 반강제적으로 빼앗겼다고 말한 독고야 쪽의 주장이 정확한 실태였을 것이다.

그래도 독고야가 수룡검왕에게 무조건 적대적인 것만은 아니었다.

그는 무림맹주 옥제황월의 실종으로 무림맹이 약해진 지금, 혈마교를 사막으로 몰아낼 무림 영웅 중 한 명으로 주저 없이 수룡검왕을 뽑았다.

"이 많은 사람들이 전부 소제와 같은 처지의 사람들이라네."

장원 뒤쪽으로 넓게 펼쳐진 지대에서였다.

독고야가 연무장에 가득 찬 사람들을 바라보며 말했다.

"헌데 구 대협은 이러한 대(大) 연무장을 다섯 개나 가지고 있지. 소제가 보고 있는 연무장은 그중에서 가장 작은 걸세."

약 일만 평 이상.

연무장이라기보다는 연병장(練兵場)이라고 정정해야 할 만한 대형 면적.

그러한 다섯 곳이 전부 무인들로 가득 찼다는 것은 수룡검왕의 병세(兵勢)가 지방 군벌(軍閥)에 필적한다는 말이었다.

난세는 기회라더니, 수룡검왕은 그 기회를 놓치지 않았던 것이다.

"여기서 기다리고 있게나. 우리는 수룡검왕을 뵙고 오겠네."

장일삼과 독고야가 자리를 떠났다.

잠깐 남는 시간 동안, 나는 연무장이 잘 보이는 곳에 앉았다.

본교의 잠재적인 적병들이 내 앞에 있었다.

아직 의복을 통일하지 못한 것과는 별개로, 명령체계만큼은 군대를 연상케 했다. 신호기를 든 교두(敎頭)들이 말을 타고 돌아다니고 있었고, 각양각색의 무인들이 그들의 붉고 푸른 신호에 맞춰서 군진(軍陣)을 밟고 있었다.

"으아아압!"

"죽어라아아앗! 마두!"

이윽고 돌격 명령을 받은 무인들이 허수아비를 치고 앞으로 달려 나갔다. 허수아비에는 본교의 붉은 정복(正服)을 흡사하게 만든 저질의 옷가지가 걸려 있었다.

수많은 무인들이 '타도(打倒) 혈마교'의 기치(旗幟) 아래 몰려들었다. 수룡검왕은 그들을 자신의 군대로 만드는 데 성공했고, 나는 그 현장을 직접 보고 있는 중이었다.

이래서 수룡검왕의 이름이 보고서에 자주 올라왔던 것이로군!

"흠……."

장일삼과 독고야가 돌아온 건 그로부터 그리 오래되지 않은 때였다.

둘의 불만 어린 표정으로 볼 때 일이 잘 풀린 것 같지 않았다.

"위 소제. 우리 얘기를 들어보게."

장일삼이 말을 꺼냈다.

"사실 우리는 남궁세가 소가주의 부탁을 받고, 남궁세가와 장강수로채 사이의 중재를 맡았네. 장강수로채가 어디 예전의 장강수로채인가. 남궁세가도 장강수로채가 껄끄러운 게지. 수룡검왕 구왕일 대협과 황금장과의 관계도 그리 원만하지 못하고."

나는 조용히 장일삼의 말을 들었다.

"무슨 일이냐 하면, 남궁세가의 여식이 있네. 먼 서역에서 상행을 마치고 돌아오던 길에 장강의 풍랑(風浪)을 만났던 모양이야. 고요할 때는 지극히 고요해도, 한 번 거세지면 경천동지(驚天動地)한 것이 장강 아니던가. 남궁세가의 여식이 탔던 윤선은 그렇게 난파된 모양이네."

확실히 그녀였다.

남궁화.

그때, 독고야가 얼굴을 찌푸리며 끼어들었다.

"장강수로채주 막광도(瞙狂刀)가 남궁세가의 여식과 강제로 혼례를 치르려는 것을 막아야 한다. 원만하게."

"그렇습니까?"

"소제의 도움을 받고 싶군. 장강쌍협은 은원(恩怨)을 잊지 않는다네. 우리를 도와주겠나?"

"두 분이 못하는 일을 제가 무슨 수로 도와 드리겠습니까."

이번에는 장일삼이 독고야를 밀치며 나왔다.

"남궁세가가 우리에게 중재를 부탁했던 것은, 이 장일삼과 수룡검왕 구왕일 대협과의 친분을 염두에 두었기 때문이었다네. 이제 와서 무엇을 숨기겠나. 우리는 장강수로채주와 남궁세가 사이를 중재할 수 없네. 그 일을 할 수 있는 인사는 구왕일 대협뿐이시라네."

"헌데 수룡검왕이 싫다더군. 계산이 서지 않은 모양이지."

독고야가 틱틱거렸다.

"목소리하고는. 여기가 어디인지 잊은 겐가?"

장일삼이 황급히 주위를 둘러본 후에, 독고야을 째려보았다. 독고야도 자신의 실수를 깨닫고는 눈동자만 굴려 주위를 확인했다.

"두 분 선배님들께 제가 무슨 도움이 될지, 아직도 모르겠습니다."

독고야가 장일삼에게 가만히 있으라는 듯한 눈빛을 보낸 다음, 입을 열었다.

"황금장에 말 좀 해달라는 것이지."

"그러니까 황금장을 통해서 수룡검왕을 움직이게끔 해야 한다는 말씀이시군요. 소제가 그런 일을 할 수 있을 것 같습니까?"

"못한다면 어쩌겠나. 남궁가의 여식이 막광도의 열세 번째 부인이 되는 것이고, 그러면 전 중원은 장강수로채의 위세를 다시금 확인하게 되는 것이겠지. 장강수로채의 위세가 드높아지면 드높아질수록 흑도에 가담하는 무리들

이 많아지고, 사마외도뿐만 아니라 흑도들까지 양지로 나
와 중원을 넘보게 될 뿐인데, 이 난세에 그게 무슨 큰일이
라 할 수 있겠나."

독고야의 만류하는 눈빛에도 불구하고 장일삼이 난처한
얼굴로 말했다.

내가 가만히 있자, 장일삼과 독고야는 서로 눈빛을 주
고받았다.

독고야가 확 달라진 표정으로 나를 뚫어져라 쳐다봤다.

"할 수 있는가? 없는가? 되든 아니 되든, 장강쌍협은
은원(恩怨)을 잊는 법이 없네."

"말은 붙여 보겠습니다. 붓과 종이를."

내가 글을 써내려가던 걸 끝까지 지켜본 두 장년인이
끝내 참지 못하고 물었다.

"이 공자가 아니라 장주께 직접 전하는 것인가? 황금장
주와는 무슨 관계인가? 위 소제."

나는 어떤 대답도 하지 않고, 그 서찰을 장일삼에게 쥐
여줬다.

장일삼과 독고야 중에 발이 더 빠른 사람은 장일삼이었
다.

장일삼이 돌아오길 기다리며, 우리는 장원의 객실에 손

님으로 묶었다. 수룡검왕의 장원은 정보의 집산지(集散地)라고 해도 좋을 만큼 많은 무림인들이 이곳을 거쳤다.

아마도 본교의 첩자 또한 적지 않은 수가 장원에 들어와 있을 것인데, 그들과는 별개로 나도 이곳에서 할 수 있는 일들을 독자적으로 시작했다. 귀를 열고 옥제황월이나 삼황 혹은 그들을 추정할 수 있는 이야기들을 살폈다.

그런데 다들 그렇고 그런, 뻔한 얘기들뿐이다.

옥제황월을 두고는 대전이 있기 전, 무림대회를 앞두고 황금장에서 갑자기 사라졌던 그가 이제 와서 다시 나타날 리 만무하고, 설사 살아 있다 하더라도 어떤 정당한 이유가 있든지 간에 패전의 책임을 면치 못할 것이라고 했다.

그리고 나, 혈마교주를 두고는 현세에 강림한 대(大)악마의 화신쯤으로 언급하고 있었으며, 벌써 저세상으로 가 버린 인황 혹은 암제를 두고는 사천에서 그가 보여주었던 신위에 희망을 걸며 수룡검왕을 비롯한 무림영웅들과 함께 흉악(凶惡)한 혈마교를 쓸어버릴 것이라 믿어 의심치 않고 있었다.

황금장으로 떠났었던 장일삼이 빠르게 돌아왔다.

그가 신을 벗지 않은 채 방 안으로 뛰어들어 와, 내 손을 힘껏 붙잡았다.

"소제 덕분에 장강쌍협의 체면이 섰네."

독고야의 표정도 대번에 밝아졌다.

그 무렵, 나는 작지 않은 기운이 이쪽으로 다가오는 것을 느꼈다.

훤히 열린 문 앞으로 푸른 도복이 살랑거리는가 싶더니, 번뜩이는 이채(異彩)가 방 안을 살폈다. 오밤중에 호랑이 굴에서 볼 수 있는 그 두 개의 안광(眼光)이 빠르게 나를 훑고 지나갔다.

그러나 내게서 어떤 특이점을 찾으려야 찾을 수 없었던 것인지, 광채가 사라지고 그 자리에 사람 좋아 보이는 호선(弧線)이 빙그레 그려졌다.

"허허허."

밖에서 들려오는 웃음소리에 장일삼과 독고야가 바로 밖으로 뛰쳐나갔다. 그러고는 수룡검왕 구왕일을 향해 허리를 굽히며 포권했다. 나도 슬슬 몸을 움직여 그들 뒤에 섰다.

수룡검왕의 시선이 두 장년인과 다르게 우두커니 서 있기만 한 내게 잠깐 머물러다가, 장일삼 쪽으로 옮겨졌다. 심지어 그를 힐난했던 독고야조차 감개무량하다는 듯한 표정으로 어쩔 줄을 몰라 하고 있었다.

"말씀드렸던 후배입니다."

장일삼이 나를 돌아보며 말했다.

"위효자요."

내가 말했다.

"후배!"

장일삼과 독고야가 동시에 소리쳤다.

"이 맹랑한 것!"

"감히!"

수룡검왕이 이끌고 온 무리들도 발끈했다. 그들 중 몇이 내게 성큼성큼 다가오다가 수룡검왕의 제지로 되돌아갔다.

"놔두게."

수룡검왕이 산타클로스 같은 얼굴로 말했다.

"하오나 대협!"

하지만 그 찰나에 나를 꿰뚫고 지나간 칼날 같은 살기를 알아차릴 수 없었던 장일삼과 독고야는 계속 같은 눈빛으로 나를 나무라고 있었다.

"천하가 원망스럽지 아니한 이가 어디 있겠는가. 상처입은 호랑이는 건드는 게 아니라 하였지. 놔두시게들."

장일삼을 비롯한 수룡검왕의 무리들이 수룡검왕의 대해(大海)같이 넓은 마음을 칭송했다.

"허허허."

수룡검왕은 또다시 너털웃음을 지으며, 충분히 미염(美

鬚)이라 불릴 만한 긴 수염을 쓸어내렸다.

"사천에서 왔다 하였느냐?"

"그렇소."

"네 손으로 혈마교주의 목을 벨 때까지, 그 원한을 잘 간직하고 있거라."

흥!

건방진 것.

이 몸의 목이 아니라 바로 네놈 목이겠지.

제6장

장강수로채주

　우리가 탄 거대한 윤선은 자욱한 안개를 뚫으며 장강의 물줄기를 따라 동호(東湖)로 향하고 있었다.

　본래 호남의 동정호(洞庭湖)에 있던 장강수로채의 본채가 호북의 동호로 이전한 것은 그렇게 오래되지 않는다.

　장강수로채주 막광도는 수룡검왕의 세력이 호남 지방의 장강, 동정호까지 미치기 전에 이를 견제하는 결단력을 보여 준 것인데, 그랬다면 동호를 맡고 있던 소(小) 채주에게 동정호를 넘겨주어야 마땅했을 것이다. 그러나 막광도는 그렇게 하지 않았고, 되레 따지고 드는 동호의 소채주를 쳐 죽였다고 한다. 주먹으로 때려죽이는 그 광경이 너무도 끔찍한지라 누구도 나서는 이가 없었다고 했다.

소 뒷걸음질에 쥐가 잡힌 것인지, 머리가 비상한 자인지는 정확한 사실관계를 모르는 이상 알 수 없다.

팩트는 사실상 동정호 파와 동호 파로 양분되어 있던 장강의 수로채 연합이 그 일로 큰 피를 흘리지 않고 통일을 이루었다는 것이고, 그럼으로써 장강수로채가 자타공인하는 중원 흑도 세력의 중추(中樞)가 되었다는 것이다.

이렇게 축약할 수 있는 짧은 이야기를, 의외로 독고야는 두 시간에 걸쳐서 할 수 있는 기별난 재주를 가진 사내였다.

본교가 중원으로 들어온다면 가장 먼저 차지해야 할 곳이 아무래도 장강일 수밖에 없었기에, 나는 그 이야기에 귀를 기울였다.

이야기가 끝날 무렵이었다.

선수 정면에서 뱃머리 하나가 안개를 뚫고 나오자마자, 비슷한 크기의 함선들이 동시에 강폭 전체를 채우며 나타났다. 우리가 지나쳤던 절벽 골 사이에 숨어 있던 함선들 또한 선미 쪽으로 가깝게 접근하고 있었다.

"왔군."

독고야가 노골적으로 적의(敵意)를 드러냈다.

의협인(義俠人)을 자부하는 그로서는 대낮부터 장강을

활보하고 다니는 수적들이 마음에 들 리가 없었을 것이다.

선부(船夫)들의 움직임이 분주해졌다. 그러는 한편 3층 갑판 위, 주변 광경이 제일 잘 보이는 그곳에서 수룡검왕과 장일삼 그리고 수룡검왕을 따르는 무인들은 여전히 한가롭게 차를 나누고 있었다.

스르르.

충파(衝破)할 듯이 빠르게 접근하고 있던 수로채의 함선들이 서서히 속도를 늦췄다. 윤선에 걸린 수룡검왕의 깃발이 육안으로 확인할 수 있는 거리 안에서였다.

때문에 화살과 갈고리가 날아오는 대신, 적당한 공력이 실린 목소리가 절벽 사이에서 메아리쳤다.

"수룡검왕이 타고 계시오?"

"그렇소이다! 수룡검왕께서 흑왕(黑王)을 뵈러 오셨소!"

3층 갑판에서 수룡검왕의 무리 중 하나가 호기롭게 외쳤다.

"검왕께서는 따라오시오!"

"흑왕의 배려에 감사드리오!"

큭큭.

나는 실소를 참을 수 없었다.

"그렇지. 존대하는 꼴이라니. 이러고도 수룡검왕이 무

림의 영웅이라 불리고 있는 실정이지. 헌데 대놓고 웃을
수도 없으니 원."

독고야의 왼쪽 눈 아래 근육이 불만스럽게 꿈틀거렸다.
다만 그의 목소리는 간신히 귀를 기울여할 만큼 무척 작
았다.

독고야는 수룡검왕의 면전에서는 다른 이들과 조금도
다르지 않으면서, 뒤에서만 그를 힐난하고 있었다. 전형
적인 표리부동(表裏不同), 아니 그야말로 현실적인 처사인
것일까.

"진정한 영웅들은 평리에서 대(大)마두와 겨루다 명을
달리하신 그분들이시지…… 아아, 하늘이 참으로 무심한
지고."

독고야가 평리대전을 언급했다.

소림, 개방, 점창, 무당.

네 종사(宗師)의 얼굴들이 빠르게 뇌리를 스치고 지나갔
다.

소림혈승과 개방방주는 그날 내 앞에서 죽었는데, 점창
파 장문인과 태극혜검까지도 결국 내상을 극복하지 못하
고 죽은 모양이다.

"악인(惡人)에게 천력(天力)을 주었으니, 어찌 하늘이 의
롭고 선하다고 할 수 있겠는가."

여기서 악인이란 당연히 나를 지칭해서 하는 말이다.

"하늘을 믿지 마라. 소제. 오로지 자신만을 믿어야 한다. 소제. 아시겠는가?"

나는 어떤 대답도 행동도 취하지 않고, 장강수로채의 함선들이 서서히 선회하는 광경을 지켜봤다. 그러던 문득 그것만으로는 성이 차지 않았던 모양인지, 독고야가 툭 하고 말을 내뱉었다.

"내기 하나 할까?"

"……"

"수룡검왕과 장강수로채주. 누가 먼저 칭왕(稱王)을 하냐를 두고 말이지."

누구도 칭왕을 못할 것이다. 그들이 칭왕을 하기 이전에 먼저, 본교가 장강을 쓸어버릴 테니까.

하지만 지금은 이대로도 좋을 것 같다. 이들의 세력이 커지면 커질수록 대국의 힘이 분산될 수밖에 없기 때문이다.

"관심 없습니다."

독고야가 제 딴에는 매섭게 나를 노려본 것이겠지만, 나는 코웃음만 나왔다.

*   *   *

그동안 대국에서 수적들을 뿌리 뽑지 못한 이유는 장강수로채의 축성술(築城術)에 있었다. 본채로 가는 길목의 섬마다 장성을 쌓았고, 인공적으로 만든 뱃길을 따라가다 보면 장성 사이에 좁아진 그 사이를 지나칠 수밖에 없었다.

그리고 몇 개의 수문(水門)이 뱃길을 통제하고 있었으니, 수적들을 일망타진하려다가 국력(國力)이 쇠약해질 상황이 불 보듯 뻔했다.

수룡검왕이 새삼 다르게 보였다. 그를 단순한 무림인으로 보면 안 된다.

대국 또한 무언(無言)의 불가침 조약을 맺은 장강수로채에서도 수룡검왕을 동등한 위치에 두고 본다는 것인데, 그렇다면 장원에서 보았던 연무장의 그 무인들만이 수룡검왕의 전부가 아닐 것이다. 그리고 그러한 수룡검왕을 서필 하나로 움직인 황금장의 저력도 놀라운 것이었다.

본교가 반 천하를 점령했다고는 하지만, 진짜 중원은 아직이다.

장강수로채와 수룡검왕 외에도 수많은 변수가 있는 곳.

그곳 안에서 나는 이상스럽게 가슴이 뛴다.

직전까지 '복수'라는 이름 아래 움직였다면, 이제는 아니다. 그들 나름대로 새롭게 돌아가고 있는 세상은 내게 또 다른 승부욕을 불러일으키고 있었다.

윤선이 도선장에 천천히 멈췄다.

벌써 소식이 전해진 도선장 앞에는 장강수로채의 인사들이 수룡검왕을 마중 나와 있었다. 줄곧 3층 갑판에만 있던 수룡검왕이 중력의 법칙을 비웃으며 도선장 앞에 느릿하게 내려섰다.

"수룡검왕을 뵈옵니다."

수적들이 수룡검왕에게 예를 갖추는 모습이 아주 가관이다.

수룡검왕도 장강수로채 인사 한 명 한 명에게 답례를 하는 모습이, 마치 축복받은 결혼식장의 혼주를 보는 듯했다.

독고야는 나와 비슷한 생각을 하고 있는지 눈살을 찌푸리고 있다가, 위에서 내려온 장일삼에게 괜스레 핀잔을 줬다.

"이 부분만큼은 자네를 이해할 수 없네."

"수룡검왕 구왕일 대협이 무림의 희망이라는 것은 자네도 인정하고 있지 않나."

"악보단 차악이라는 것이지. 이리 보고도 모르시는가."

"악이라니. 말이 점점 과하시네. 웃는 낯 속에 예검(銳

劍)을 감추고 계신 것이라네. 자네도 그 편견을 지우고 구대협과 친분을 쌓다 보면, 생각이 달라질 날이 있을 것이네."

"흥. 친분? 그런 대단한 영광은 자네 한 명이면 족하지. 가세."

"뭐?"

"에잉. 말이 안 통하는군."

"흥!"

"흥!"

나는 갑자기 어색해진 두 장년인의 뒤를 따라, 배 아래로 훌쩍 뛰어내렸다.

수적들은 잘 훈련되었다. 풍문과는 달리 군기가 바짝 섰다. 개중에는 오랜 세월 동안 상승 무공을 익힌 이들도 보였다. 단련하는 열기는 높지만, 수룡검왕의 연무장과는 다른 야생적인 분위기가 좀 더 감돌고 있다. 우리 속에서 나가지 못해 안달 난 늑대들 같다고나 할까. 흥미롭다.

수룡검왕 구왕일을 향해 웃으며 나오는 한 거한(巨漢)이 있었다.

그는 과장되게 두 팔을 펼치고 환영하오! 환영하오!, 하고 굵직한 목소리를 냈다. 한편 그의 허리에서 덜렁거리는 박도(朴刀)에서는 피가 뚝뚝 떨어지고 있었다.

"구 선배님께서 오신다는 소리에 급히 소를 잡던 중인지라."

"흑왕의 주먹이야 세상 사람이 다 아는데, 칼을 쓰신 것이오?"

"주먹으로 때려잡고 칼로 내장을 썰었지요."

"허허허. 그런 것이오?"

"으하하하! 그렇습니다. 구 선배."

구왕일과 막광도가 웃음을 터트리며 앞으로 걸어갔다. 두 수장이 사이좋게 웃는 것으로 보이지만, 둘 사이에 오가는 팽팽한 긴장감을 다들 느끼고 있었다.

그래서 특히 적진 깊숙이 들어온 수룡검왕의 무리들은 부쩍 긴장해서, 유사시 일어날 일에 몸을 깨우고 있었다.

"헌데 기별도 없이 무슨 일이십니까? 낮주 생각이 나신 거라면 잘 오셨습니다. 구 선배."

"경축(慶祝)할 날에 축사(祝辭)라도 읊을 수 있을까, 한 것이라오."

"이거이거. 벌써 거기까지 들렸소? 왕후장상(王侯將相)은 따로 있다고, 될 사람은 되는 모양입니다."

"그 아리따운 부인을 소개시켜주겠소?"

수룡검왕의 그 한마디에, 막광도의 얼굴에서 웃음기가 싹 지워졌다.

"구 선배. 혼삿날을 앞둔 신부 얼굴을 보겠다는 거요?"

"호사다마(好事多魔)야. 남궁가의 절세가인을 부인으로 맞이하는데 각오한 바 아니오?"

"절세가인은 개뿔. 혼주는 뭘 하고 구 선배가 온 것이오? 공사가 얼마나 다망(多忙)하기에 제 여식의 혼삿날에도 못 온다는 건지 원. 그리고 구 선배 정도 되는 영웅께서 그깟 장사치들 따위의 청탁(請託)을 받다니, 이거이거 좀 그렇소이다."

막광도가 고개를 흔들었다.

그것이 신호가 되어, 지척의 수적들이 심상치 않게 움직였다.

그때 수룡검왕은 여전히 웃음을 띤 얼굴로 장일삼을 돌아보았다. 장일삼이 작은 목곽 하나를 품 안에서 꺼내, 수룡검왕 앞으로 가져갔다.

수룡검왕이 말했다.

"그래도 혼주가 양심은 있던 모양인지, 빈손으로 날 보낸 게 아니라오."

장일삼이 말이 끝날 때에 맞춰 목곽을 열었다. 청아한 향이 금세 퍼지는 것이 뛰어난 영단들이 거기에 들어 있는 것 같았다.

막광도는 뭔가 곰곰이 생각하는 듯하더니 홋, 하고 웃

으며 목곽을 받았다. 우리를 주시하고 있던 기운들이 대번에 옅어졌다.

"따라오시오."

막광도가 곰처럼 걸어 나갔다. 수룡검왕을 필두로 한 일행들은 막광도의 안내를 받아, 그의 근사한 처소로 들어갈 수 있었다.

"놓아요! 제가 알아서 가지요!"

뒷방으로 통하는 장막 뒤에서 잊고 있었던 목소리가 들렸다.

홍의(紅衣)가 입혀진 남궁화가 우악스러운 손길에 끌려 나왔다.

남궁화는 비틀거리면서도 우리 일행을 빠르게 훑어봤다. 그러다 나와 눈이 부딪쳤고 그녀의 온몸이 부르르 떨렸다. 붕어처럼 껌벅껌벅거리던 그녀의 입에서 놀란 음성이 터져 나왔다.

"당…… 당신은!"

＊   ＊   ＊

본교의 잠재적인 적들을 이 자리에서 모두 제거해 버릴까?

순간 그런 고민이 들었던 것은 사실이다.

그러나 지금까지 판단하기에는 본교가 중원으로 진출함에 있어서, 이들 두 세력의 존재는 해(害)보다 득(得)이 더 컸다.

나는 장강수로채주 막광도와 수룡검왕 구왕일의 목을 날려 버리는 대신에 남궁화에게 일갈했다.

— 멸족지화(滅族之禍). 원치 않으면 그 입 닥쳐라.

기억 속 그대로, 남궁화는 판단이 빠른 여자였다. 그녀의 시선이 내 앞에 있는 수룡검왕 쪽으로 빠르게 옮겨졌다.

"구, 구왕일 대협을 뵈옵니다."

남궁화가 떨리는 목소리로 말했다.

장일삼이나 독고야 그리고 심지어 채주 막광도까지, 남궁화가 수룡검왕의 등장에 많이 당황했다고 파악하는 것 같았다.

그러나 수룡검왕 구왕일은 스쳐 지나가듯 나를 돌아보았다. 인자한 노인네의 얼굴을 하고 있으면서도, 나를 꿰뚫듯이 쳐다보는 그 직안(直眼)은 범인을 취조하는 형사의 것과 흡사했다.

수룡검왕은 뭔가를 눈치챘지만, 그것을 내색하지 않은 채 남궁화에게 말했다.

"노부를 아는군? 아가씨가 남궁세가의 여식, 맞는가?"

"예. 맞습니다. 그리고 위명 장장하신 구왕일 대협을 모르는 이가 만천하에 어디 있겠습니까."

"우리 어디서 보았던가?"

"어릴 적, 오라버니들을 따라갔던 하북 태평각에서 멀찌감치 뵌 적이 있었습니다."

"태평각이라면 십 년도 더 된 이야기구나. 무림맹 하북 분타에 있었지."

그때 막광도가 끼어들었다.

"이거이거 너무 애틋해서 질투가 나려 합니다. 구 선배."

"허허허. 돌려 말하지 않으리다. 흑왕께서 노부의 체면을 살려주시면, 그 빚을 잊지 않겠소."

"구 선배께서 지아비 체면을 먼저 살려주셔야 하는 게 아닙니까. 이거 면이 팔려서, 부인 얼굴도 제대로 못 보겠습니다."

구왕일과 막광도가 짧은 대화를 나누고 있는 사이, 남궁화는 다시 나를 쳐다봤다. 나와 눈이 마주치자마자 시선을 피하고 마는 그녀였지만 말이다.

막광도는 남궁화의 이상한 반응을 느끼고 그녀를 흘깃 쳐다봤으나, 그렇게 크게 신경 쓰지 않았는지 바깥의 수적들에게 무림 영웅처럼 말했다.

"주연(酒筵)을 성대하게 준비하거라."

"옛!"

"자자. 구 선배. 따분한 이야기는 그만하고, 우리 제대로 된 이야기를 해 봅시다. 들려드릴 이야기들이 많습니다. 으허허. 모처럼 만에 회포(懷抱)를 풀어봅시다. 이쪽입니다. 후배가 모시지요."

막광도가 구왕일을 데리고 나가고, 우리도 수적들에 의해 별채로 옮겨졌다.

독고야가 창밖의 광경을 바라보며 말했다.

"군세(軍勢)는 말할 것도 없이, 방비 또한 실로 대단하네."

"그러니 구왕일 대협이 아니라면 이 성장세를 누가 막을 수 있겠는가. 바깥으로는 혈마교가, 안으로는 흑도들이 판을 치니 큰일일세."

그러나 독고야가 입을 다물어버린 것은 혈마교도 흑도도 아닌 수룡검왕이 언급되었기 때문이었다. 이를 눈치챈 장일삼이 독고야를 못마땅하게 쳐다보다가 내 쪽으로 몸을 틀었다.

"다시 말하지만 정말 고맙네. 큰 빚을 졌네."

"아직 끝나지 않았습니다."

"구왕일 대협께서 중재를 잘 설 것이니, 그 일은 믿어 의심치 않네. 헌데."

그는 약간 망설이는가 싶더니, 미안한 기색과 함께 입을 열었다.

"구왕일 대협이 소제를 바라보던 눈길이, 영 신경 쓰이네. 소제. 느끼지 못했나?"

"그렇습니까?"

"구왕일 대협은 황금장주의 서찰로 마음을 바꾸고 중재를 선 것이네. 나야 소제가 당부대로 했건만, 어디 구왕일 대협의 눈썰미를 속일 수 있겠는가. 혹 소제에게 묻거든 그렇다고 솔직히 답하고 이참에 구왕일 대협과 친분을 쌓으라고 말하고 싶네."

독고야조차도 그 말에는 공감하는 듯, 내게 고개를 끄덕여 보였다.

장일삼과 독고야는 계속 기다렸지만 연회에 초대받지 못했다. 우리를 제외하고는 수룡검왕과 함께 온 무리들 모두가 연회에 참석했다는 소식을 접하고는, 독고야는 시뻘게진 얼굴로 분통을 터트렸고 장일삼마저도 속으로 화를 삭여야 했다.

연회가 끝난 후, 수룡검왕의 무리 중 하나가 별채를 찾았다.

장일삼과 독고야가 뭔가를 묻기도 전에 그는 내게 따라오라는 한마디만 뇌까리고 몸을 돌렸다. 장일삼의 걱정 반, 응원 반인 눈빛이 기억에 남는다.

나를 안내했던 이는 내가 수룡검왕에게 보여 줬던 무례(無禮)를 잊지 않고, 예의를 지키라며 몇 번이나 신신당부했다.

무림초생(武林初生)이 수룡검왕과 독대하는 것은 실로 과분한 영광이다.

그는 계속 그것을 강조했다.

이윽고 수룡검왕의 침실로 들어서자 밝은 얼굴로 손짓하는 수룡검왕이 보였다. 장강수로채의 안채가 마치 제집인 것처럼 완전히 융화되어 있었다.

나를 안내했던 이가 물러가고, 나는 수룡검왕 앞에 앉았다. 막광도가 좋은 명주를 대접했었던지 수룡검왕에게 좋은 냄새가 났다.

"후배를 왜 불렀는지, 상패검이 말해 주었겠지?"

괘씸하게도 이미 말이 되어 있던 모양이다.

"그렇소."

"패기가 가히 대장부답네! 하면 이제 들려주겠나? 후배의 부친(父親)이 뉘신가? 위가(衛家)라고는 하지 말게."

전과는 달리 나를 바라보는 수룡검왕의 눈빛이 부드러웠다. 나를 황금장에 필적한 어떤 세력의 후계(後繼)쯤으로 생각하고 있는 것 같았다.

"위가요."

"후배."

나무라기보다는 타이르는 듯한 어투다.

"더 할 말이 없다면 돌아가겠소. 감추는 데에는 그만한 연유가 있는 것이니, 양해하시오."

나는 수룡검왕을 위해서 자리에서 일어났다.

언제든지 마음이 내킬 때 제거할 수 있는 것들. 그래서 지금은 가만히 놔두고 싶었다.

수룡검왕의 세력이 지독한 바이러스처럼 대국을 병들게 할 테니까.

바로 그때.

"그렇게 계속 건방지게 굴려거든, 답은 내놓고 가야지 않겠나."

수룡검왕의 노호(怒號)가 울렸다.

결국…….

공력실린 음성이 사방으로 부딪쳐 대서 안채 전체에 진

동이 일었다. 동시에 그의 긴 팔이 귀신같이 날아들었다.

오랜만에 보는 제대로 된 비조수(飛鳥手). 나는 피할 수 있었지만 그렇게 하지 않았다. 피한다고 해도 무공이 드러날 수밖에 없을 테니.

허공에 남겨진 팔의 잔영이 연기처럼 천천히 흩어졌다. 수룡검왕이 내 손목을 움켜잡은 채 나를 보며 웃고 있었다.

"후배는 어디에서 온 누구인가. 노부에게는 밝혀도 되네."

그가 내 진력을 살펴보기 위해 내공을 흘려보냈던 바로 그때, 그의 얼굴에 만연해 있던 미소가 싹 날아갔다.

"너……넌!"

수룡검왕의 입에서 비명과 같은 음성이 튀어나왔다.

내 몸으로 들어오고 있던 그의 공력이 일순간 파도처럼 거세졌다.

하지만 밑에서부터 밀고 올라온 열기가 그것을 조금도 남기지 않고 뜨겁게 삼켜 넘겼다. 수룡검왕이 아차, 하는 눈빛과 함께 내 손목에서 손을 떼며 풀쩍 뛰어올랐다.

나는 천장을 뚫기 직전인 그의 발목을 붙잡아, 바닥에 메다꽂았다.

"기어이 죽음을 자초하고 마는구나. 그토록 기회를 줬

건만. 멍청한 놈⋯⋯."

쓰러진 그의 목을 쥐어 잡았다. 내 다섯 손가락이 그곳을 둘러싼 호신강기를 뚫기 무섭게 피부 안으로 파고들었다.

그르륵.

그가 입과 손가락이 파고든 구멍 사이로 피를 흘리며, 믿을 수 없다는 듯한 허망한 눈동자를 껌벅껌벅거렸다. 손목을 비틀자, 그의 목뼈가 끊기는 소리가 두둑하고 둔탁하게 튕겨 나왔다. 그의 고개가 힘없이 옆으로 축 늘어졌다.

나는 손에 묻은 피를 그의 도포에 쓱쓱 문질러 닦은 뒤 몸을 일으켰다.

수룡검왕.

검왕의 칭호를 받았으면서도 검 한번 써볼 새도 없이, 그는 너무도 찰나에 가 버렸다.

그때 열린 문 안으로 이쪽을 멍하니 바라보고 있는 사내가 있었다.

나를 수룡검왕의 침소로 안내하면서 수룡검왕에게 예를 다하라고 신신당부했던 그자였다.

내가 한 발자국 내딛자, 그가 자신이 무슨 말을 하는지도 모르는 채 그렇게 내뱉었다.

"살…… 살려 주시오. 부양해야 하는 처자(妻子)가 있……."

그의 말이 채 끝나기도 전에.

"컥!"

십이양공의 공력이 담겨진 탄지(彈指) 하나가 그의 미간을 꿰뚫고 지나갔다.

*　　*　　*

쾅!

"날 기다렸나?"

신방(新房)에서 뛰쳐나온 남궁화를 향해 뇌까렸다.

남궁화는 방에 가득한 목 없는 사체들을 보고 끅, 하고 이상한 소리를 냈다. 그때 밖에서는 웨에에엥거리는 세이렌 소리 대신 둥둥둥 하는 북소리가 크게 울리고 있었다.

"전! 전 발설(發說)하지 않았습니다."

남궁화가 다가서는 나를 향해 이를 악물었다.

"이것들은 신경 쓰지 마라. 인과율(因果律). 어쩌면 처음부터 이리될 일이었던 모양이지. 괜히 시간만 끌었군."

"예?"

"그날 누구였지?"

"……."

"답을 가지고 있어야 할 것이다. 너는 본 교주가 아는, 그날의 유일한 생존자다. 헌데 너만 살아남은 게 아니었지."

남궁화는 생사(生死)의 갈림길에 선 것을 직감했다. 그녀는 여느 여인네들처럼 울고불고 살려달라고 애걸하지 않고 상황을 직시하려고 노력하는 것 같았다. 그녀의 시선이 주인 잃은 수적들의 목들을 쫓다가, 내게로 돌아왔다.

"교주께서 찾는 사람은……."

그녀가 두 주먹을 불끈 쥐던 그 찰나, 거한(巨漢)이 쿵쿵거리며 뛰어들었다.

"누구냐!"

장강수로채주 막광도가 시뻘게진 얼굴로 외쳤다.

"막광도. 그대로 있어."

일대가 몹시 시끄러웠지만, 남궁화의 조용한 목소리가 똑똑히 들렸다.

"계집이 돌았구나. 놈은 어디 있느냐? 대체 어떤 놈인 것이냐!"

막광도가 새끼 잃은 곰처럼 으르렁거렸다. 그러다가 남궁화의 시선을 따라서 나를 쳐다보았다. 막광도가 시퍼렇게 날이 선 박도를 흔들면서 내 앞으로 성큼성큼 다가왔다.

나도 작은 키가 아닌데 그는 나보다 머리 하나가 더 컸다.

나를 내려다보던 그가 갑자기 남궁화 쪽으로 몸을 틀더니, 박도 날을 남궁화의 목에 겨눴다. 나를 상대할 필요도 없다는 듯이.

"나와라! 당장 나오지 않으면 이 계집을 네 동강 낼 것이다!"

막광도가 미친 사람처럼 고함을 질렀다.

"그만둬……."

파르르 떨리는 남궁화의 입술 사이로 탄식(歎息)과 비슷한 목소리가 흘러나왔다.

막광도의 뒤를 이어, 무공을 익힌 수적들이 쏟아져 들어왔다.

막광도는 정말로 남궁화의 목을 베어 버릴 기세였다. 박도 날에 베인 남궁화의 살갗에서 핏물이 주르륵 흘러나왔다.

하지만 되레 남궁화는 막광도를 안쓰러운 눈길로 바라보고 있었다. 흑도의 수장이자 그녀를 강제로 취하려고 했던 작자라고는 해도, 남궁화는 곧 가버릴 인명(人名)에 탄식하고 있던 것이다.

"나와라! 정녕 이 계집이 죽는 꼴을 보고 싶은 것이냐!"

흥분한 막광도의 박도가 남궁화의 동맥 언저리까지 아슬아슬하게 파고들었다. 막광도의 목숨을 거두려던 찰나, 두 번째로 들어온 수적들의 무리 속에서 한 장년인이 뛰어나왔다.

"채주. 그러다 정말 죽습니다!"

막광도를 말리던 이는 그가 처음이 아니었다.

이미 많은 수적들이 막광도를 자제시키는 말들을 해 왔었는데, 막광도는 조금도 듣지 않았다. 오히려 그의 아드레날린을 더욱 분사시키기만 했다.

그런데 흥미롭게도 뱀의 인상을 가진 장년인의 한마디에 막광도가 반응을 보였다. 막광도가 얼굴을 구기며 남궁화의 목에서 칼을 거뒀다.

그러는 동시에 남궁화의 머리채를 거칠게 휘어잡았다. 남궁화가 언제 그를 가엾게 여겼냐는 듯, 매서운 눈초리로 노려보았다. 그녀는 곧 우악스러운 막광도의 손길에 이리저리 쓸려댔다.

"다행입니다. 아직도 나타지 않는 것을 보면, 그자의 목적이 남궁가의 여식에 있는 것은 아닌 것 같습니다. 채주."

"다행이라고? 그걸 말이라고 하느냐?"

바로 앞에서 성난 곰이 분노를 터트리고 있었으나, 장년인은 주변을 둘러보는 한편 내게도 관심을 보였다.

그러나 육지에서 온 초년의 무인(武人)에게 뭔가를 기대하기에는 그가 당면한 상황들이 너무도 시급했다. 그의 눈빛을 받은 수적들이 내 퇴로를 막아섰다.

그것으로 그는 내게서 신경을 끄고 막광도에게 말했다.

"죽은 수룡검왕을 살펴보고 오는 길입니다."

막광도의 표정이 딱 멈췄다.

"정말 죽은 것이냐?"

"죽었습니다."

"그 수룡검왕이?"

"예."

"어떻게? 그대라면 흉수(兇手)가 무엇이었는지, 알 것 아니냐?"

"해서 드리는 말씀입니다. 수룡검왕을 죽인 자는 필시 지고(至高)한 고수가 분명하니, 그자를 더는 자극하지 말아야 합니다."

"여기는 본 왕(王)의 안채다. 내 집 안에서 손님을 죽였는데, 가만히 두고 보라는 말이냐? 천하가 본 왕을 비웃을 것이다. 이 흑왕(黑王)을!"

막광도가 신경질적으로 남궁화를 바닥에 내동댕이쳤다.

남궁화가 입가에 피를 머금은 채로 나를 쳐다보았다. 흔들리는 그녀의 두 눈 안으로 많은 고민들이 보였다. 곧 그녀가 결정을 내렸고, 내 발밑까지 와서 몸을 일으켰다.

"얼마나 대단한 고수이길래, 그대가 다 겁을 먹고 있는 것이냐?"

막광도가 조금은 진정된 모습을 보인 뒤, 주위를 빠르게 살펴보았다.

"수룡검왕은 그자의 적수가 조금도 되지 못했거니와, 어떤 암습이나 독을 쓴 흔적도 없었습니다. 허면 그자의 신위가 어떤 경지이겠습니까?"

"숨기는 것이냐, 모르는 것이냐? 어떤 무공을 썼는지 어서 말해라."

"닭 잡듯 목을 비틀어 죽였습니다. 거기서 어떤 무공을 찾을 수 있겠습니까."

"그 말을 믿으라는 것이냐? 수룡검왕이 죽은 것도 그런데, 닭 모가지마냥 꺾여서 죽었다고? 대체 누가 수룡검왕을 그렇게 만들 수 있단 말이냐. 천하의 삼제(三帝)도 그렇게는 하지 못할 것이다! 그러니까 네 말은 염라(閻羅)가 다녀갔다 왔다는 식이 아니냐."

"아닙니다. 사천의 풍문(風聞)으로 암제의 무공만 봐

도……."

장년인이 그쯤에서 말끝을 흐리며, 새삼 달라진 눈빛을 번뜩였다.

"그게 중요한 것이 아니지요."

"말해라."

"수룡검왕을 죽인 자가 누구든지 간에 정체가 밝혀지기를 원치 아니하고, 구태여 본채에서 그러했다는 것은 본채에게 수룡검왕의 죽음을 덮어씌우기 위함이 아니겠습니까?"

"맹세컨대 이 치욕은……."

막광도가 부들부들 떨었다.

"아닙니다. 본채로서는 아주 잘 된 일입니다. 이 길로 바로 무한, 단풍, 황강, 익주, 기춘, 무혈, 여섯 개 도선장을 점거하고, 그자의 의도대로 본채가 수룡검왕을 죽였다고 천하에 공표하십시오. 채주께서는 수룡검왕의 죽음을 능히, 전화위복(轉禍爲福)으로 만드실 수 있으십니다. 채주."

"……그렇단 말이지?"

"예."

"그렇단 말이지?"

"그렇습니다. 채주. 본채의 대업(大業)이 앞당겨지는 것이지요."

"대국은?"

"신경 쓰실 것 없습니다. 모든 군세가 혈마교와의 국경으로 쏠린 상태입니다."

"그러니까 최근까지 확인해 보았냐는 것이다."

"여전합니다."

"혈마교주에게 절이라도 해야 하는 것 아니냐? 아니, 후사(後嗣)를 제대로 두고 간 마제에게 해야 하는 것인가? 으허허."

막광도는 지금까지의 모든 분노를 잊고 기분 좋게 웃어젖혔다.

"수룡검왕을 죽인 자에게, 이 흑사두가 절을 해야겠지요."

"그래그래. 맘껏 하거라."

그러던 문득, 막광도가 남궁화를 쓱 쳐다봤다.

"저 계집은?"

"되돌려 보낼 수도 없으니, 마음에 드신다면 예정대로 혼례를 치르심이?"

"마음에 들긴 개뿔. 살인멸구(殺人滅口)하는 수밖에?"

"그래도 남궁가는 할 수 있는 것이 없습니다. 채주의 뜻대로 하십시오."

"저 봐라. 자기를 죽인대도, 눈 하나 깜빡하지 않는 저

독한 것을? 어떤 장부(丈夫)가 저런 계집을 집안으로 들이고 싶겠느냐."

남궁화는 막광도의 말처럼 오롯하게 서 있었다. 그녀가 나를 흘긋 쳐다보더니, 막광도에게 뭔가 말하려다가 입을 다물었다.

"수룡검왕이 데려왔던 것들은?"

"모두 가둬 놓았습니다."

"역시 그대는 언제나 한 수 앞을 보는군. 그대는 본 왕의 장자방이다. 헌데 그것들도 더 놔둬 봤자 밥만 축낼 것 아니냐?"

"지당하신 말씀이십니다. 포로는 필요 없으니, 장강의 고기밥으로 던져질 것입니다."

"그래그래."

막광도가 손을 젓자, 우리를 둘러싸고 있던 수적들이 거리를 벌렸다. 막광도가 남궁화를 쳐다보면서 걸어왔다.

"살려달라고 애걸해 보거라. 혹 아느냐, 본 왕의 마음이 돌아설지."

남궁화는 그런 막광도를 향해 고개를 설레설레 저었다.

동정심이 잔뜩 배인 고갯짓이었으나, 막광도에게는 그것이 남궁화가 체념한 것으로 보였던 모양이다. 막광도는 남궁화를 기분 나쁜 미소로 조롱한 후 비로소 나를 쳐다보았다.

그런 다음 별말 없이 박도를 쳐올렸다.

휘잉.

박도에 실린 공력이나 비스듬한 궤적으로 볼 때, 내 목
뿐만 아니라 남궁화의 목까지 함께 베어 버릴 심산이었다.

나는 뇌락같이 떨어지는 막광도의 도신(刀身)을 엄지와
검지, 두 손가락으로 집었다.

탁.

실내의 모든 이가 놀란 숨을 헛, 하고 들이마실 때 막광
도는 내 손가락에서 박도를 빼내기 위해 안간힘을 다하고
있었다. 그러나 금세 시뻘겋게 달아오른 도신 전체가 쇳
물로 녹아서 바닥으로 떨어졌다.

화악!

일순간 내 몸에서 퍼져 나간 공력이 실내 전체를 감싸
며 기막(氣膜)을 형성했다. 놀란 막광도가 큰 몸을 붕 띄우
며 거리를 벌렸다.

"절해 보거라."

내가 말했다.

"웬 놈이냐!"

"채주! 조심하십시오!"

막광도와 장년인이 동시에 소리쳤다.

"본좌에게 절하고 싶다 하지 않았느냐?"

막광도는 대답 없이, 그답지 않은 신중해진 눈으로 나를 노려보았다.

"설마…… 설마……."

장년인은 귀신에 홀린 사람 같이 멍해진 얼굴을 하고 있으면서도, 한 손으로는 수적들에게 수신호를 보내며 공격 명령을 내렸다. 그러나 어떤 누구도 내게 다가오는 이가 없었다.

막광도가 급한 눈빛으로 장년인을 쳐다봤고, 장년인은 고개를 끄덕였다.

"혈마교주는 무슨! 쳐라!"

막광도가 박도를 어깨까지 젖히며 몸을 던졌다. 수적들 중에서도 달려드는 이가 나타났다.

쓱쓱.

내 손끝 수검(手劍)으로 그려진 붉은 호선 몇 개가, 일시에 거미줄 같이 촘촘하면서도 실내 전체를 채울 만큼 넓게 퍼져 나갔다. 붉은 검기(劍氣)는 닿으면 그대로 절단되고 마는 레이저 광선과 조금도 다를 바 없었다.

그 많은 얼굴과 사지(四肢)들이 주인을 잃고 바닥으로 뚝뚝 떨어졌다.

거기에는 막광도의 얼굴과 팔다리도 있었다.

서역 상행 중에 별꼴을 다 겪었을 남궁화였으나, 순식
간에 칼에 베인 두부마냥 사람들이 뎅강뎅강 떨어져 나가
는 광경에는 두 눈을 질끈 감고 말았다.

광경은 참혹할지라도, 그 모두는 조금의 고통도 없이
갔다.

"후우. 후우."

숨소리 하나만이 정적 속에서 흔들거렸다.

나는 피의 현장에서 유일하게 살아 있는 한 인물을 쳐
다보았다.

그는 막광도의 모사꾼으로, 붉은 검기가 검옥(劍獄)을
만들어 그를 옥죄고 있었다. 장년인은 희번덕한 눈동자만
굴려서 제 몸에 닿을 듯 말 듯한 붉은 선들을 쳐다보고 있
었다.

사체 조각들을 넘어서 장년인의 앞으로 걸어갔다.

내가 한 발자국 한 발자국 가까워질 때마다, 그의 눈이
똑같이 깜박깜박거렸다. 놀란 숨만 훅훅하고 내쉬는 콧구
멍이 벌렁벌렁거리고 가슴 쪽은 빠르게 부풀었다 꺼지길
반복하고 있었다.

"교, 교……교……."

나는 장년인이 제대로 말할 때까지 기다려 주었다.

"교…… 교주님을 뵈옵니다."

장년인을 휘감고 있던 검기가 일시에 허공으로 흩어졌다.

그러자 그의 몸이 기다렸듯이 무너졌다. 그는 벌써 고여 있는 핏물 속에 얼굴을 처박았다가, 부르르 떨면서 고개를 번쩍 들었다.

"소, 소인이 해, 해, 해야 할 일이 무엇입니까. 하, 하, 하명만 하시옵소서."

그는 모사꾼답게 아직도 제 목이 붙어 있는 이유를 눈치채고 있었다.

"무엇을 해야 할 것 같으냐?"

"소, 소인은 아무것도 모, 모, 모릅니다. 분부에 따르, 따르겠습니다."

"본좌가 사람을 잘못 본 모양이로군. 그럼 죽어라."

"소인은 할 수 있습니다!"

장년인이 살려달라는 것을 그렇게 외쳤다. 내가 가만히 쳐다보자, 그는 거의 쥐어짜다시피 최선을 다해 읊기 시작했다.

"수로채는 지금과 같을 것입니다. 계속 성장하되 황제의 시선을 분산시키는 방식으로 존교(尊敎)의 대업에 반(反)하지 않을 것입니다."

장년은 흡사 갱스터 랩을 하는 것처럼 매우 빠르게 말했다.

"네가 할 수 있겠느냐?"

"그, 그러하옵니다. 지금의 수로채를 만든 것이 소인이 옵니다."

"그럼 오늘부터 네놈이 하거라. 장강수로채주."

제7장

마두(魔頭)

막광도 대신 장강수로채주가 된 흑사두가 절한 채로 멈춰 버린 그때.

"교주님께 청이 있사옵니다."

등 뒤로 떨리는 목소리가 들렸다.

"많은 분들이 소녀를 위해서 수로채로 들어오셨습니다. 부디 그분들을 구명(求命)해 주십시오."

이대로 떠나면 흑사두가 남은 정파 인사들을 모두 죽여서 살인멸구할 것이 분명할 터, 남궁화는 그것을 말하고 있었다.

나는 이 겁 없는 여자를 가만히 쳐다보았다. 남궁화는

의식적으로 주변의 사체 조각들이 아닌 내 얼굴을 응시하고 있다가, 내 시선을 받아 황급히 고개를 숙이며 내 대답을 기다렸다.

"정파의 인사들을 살려달라는 것이냐? 감히 본좌에게?"

"청을 들어주시면, 소녀도 교주님의 의문을 풀어드리겠사옵니다."

바닥에 차이고 차이는 게 방금 죽은 수적들의 사체 조각인데, 이 여자는 눈먼 봉사가 틀림없었다. 남궁화는 기다릴수록 돌아오는 것이 점점 커져 가는 살의(殺意)라는 것을 알아차렸는지, 황급히 말을 바꿨다.

"하오면 본가의 소가주에게 직접 청탁을 받았던 두 분만이라도 구명해 주십시오."

장강쌍협 상패검 장일삼과 일금선 독고야를 말하는 것이다.

그 둘이라면 그럭저럭 고개가 끄덕여진다.

그렇다 하더라도…….

"대담(大膽)하게도, 본좌와 거래를 하겠다는 것이냐?"

"소녀는 본래 '교주께서 찾는 사람은 말씀드릴 수 없습니다.'라고 말하려 하였사옵니다. 그때 막광도가 들이닥쳤던 것이었지요."

나는 엎드린 채로 굳어 있는 흑사두를 내려다보다가 흥, 하고 콧바람을 뿜었다. 듣는 귀가 있는 이상 더 할 말은 아니라서 흑사두를 불렀다.

"본좌는 배로 돌아가 있을 것이다. 장일삼과 독고야를 보내라."

흑사두가 배가 찔린 개구리처럼 빠르게 움직였다.

그가 나가고, 나는 남궁화를 돌아보며 말했다.

"두 사람을 내놓아야 할 것이다."

"다른 한 명은 누구……."

남궁화가 거기서 말을 멈췄다.

그녀도 본래 우리가 어떻게 만나게 됐는지 떠올린 것 같았다.

화우 이복언.

탄천삼사(歎天三士) 중 한 명.

옥제황월과 삼황을 처리하는 것도 시급한 일이지만, 이제는 무주공산(無主空山)이 되어 버린 반 천하에 천 년제국(千年帝國)의 기틀을 세워 놓는 것도 잊어서는 아니 될 것이다.

찢어 버리는 것은 쉽지만 반듯이 세우는 것은 어려울 것이다. 몇 조각으로 나뉘어져 버린 마루스 제국의 정세가 자연스럽게 떠올랐다.

"예. 어느 안전이라고 거짓을 고하겠습니까. 소녀가 비록 본가에서 버림받은 여식이오나, 그래도 남궁의 일족으로서 오라비들 못지않게 본가의 안위를 염려하옵니다."

바깥에서 시끄럽게 울리던 북소리가 뚝 멈췄다.

흑사두가 그 짧은 사이에 필요한 명령들을 제대로 내린 것 같았다.

공습(攻襲)받은 군영처럼 많은 수적들이 일사불란하게 움직이고 있는 것은 여전했어도, 우리를 막아서는 이가 없었다. 오히려 선착장에 도착했을 때는 곧 떠날 수 있도록, 배를 운항하는데 필요한 인원들이 수적들로 채워져 있었다.

그들 중의 두령(頭領)급으로 보이는 사내가 우리에게 다가왔다.

"출발하고 싶으면 말하시오."

수적치고는 태도가 무척 정중하지만, 가히 사존(邪尊) 혈마교주를 대면하기에는 영 아니다.

남궁화가 그런 두령을 걱정스러운 표정으로 살펴보고 있었는데, 나는 그녀의 우려와는 달리 아무 말 없이 배 위로 올라탔다.

과연 흑사두가 장강수로채의 통제권을 온전히 손에 넣을 수 있을지는 그의 몫이다.

그러나 채주가 죽은 비상시임에도 불구하고 수적들 모두가 그의 명령을 제대로 따르고 있었고, 모두에게 내 정체를 밝히는 우매한 짓을 하는 대신 필요한 명령들만 선처리한 대응 능력을 볼 때, 그가 장강수로채의 통제권을 무탈하게 접수할 수 있을 거라고 생각했다. 물론 수룡검왕을 잃은 그쪽 세력의 변수도 있겠지만.

"어디로 가는 것이냐!"

이윽고 수적들에게 둘러싸인 두 장년인의 모습이 시야 안으로 들어왔다.

그들은 그 짧은 사이에 완전히 엉클어진 머리며 찢어진 도포 등, 흡사 죄인의 모습을 연상케 했다. 고개만 축 늘어트린 채로 걷고 있는 그들이었다.

비로소 갑판 위에 먼저 와 있는 나와 남궁화를 발견했는지, 둘의 고개가 번쩍 들려졌다.

"소제!"

"소저!"

독고야는 나를 불렀고, 장일삼은 남궁화를 불렀다.

둘을 인솔하고 있던 수적 하나가 둘의 수갑을 풀어주자마자, 차례대로 갑판 위로 훌쩍 뛰어올랐다. 그러고는 우리를 감시하고 있는 이들이 없다는 것을 깨닫고는 둘의 얼굴 위로 의아함이 번졌다.

독고야가 내 몸을 위아래로 살피며 말했다.

"괜찮은가? 소제. 대체 이게 무슨 일이란 말인가. 소제
는 알고 있나?"

한편 장일삼은 남궁화에게 가고 있었다. 내 입술이 열
리던 그때, 가만히 쭈그려 앉아만 있던 남궁화가 번쩍 몸
을 일으켰다.

"수룡검왕 구왕일 대협께서 작고(作故)하셨고, 막광도
도 죽었습니다."

남궁화가 부쩍 커진 목소리로 두 장년인의 관심을 끌었
다.

아마도 남궁화는 장강雙협이 내 정체를 알면 안 된다고
판단했던 모양이다. 지금까지의 정황상 이 둘이 내 정체
를 알게 된다면, 이들의 목숨을 보장할 수 없을 거라고 생
각한 것 같았다.

내 눈치를 살피는 그녀의 눈빛이 분명 그렇게 말하고
있었다.

틀린 판단은 아니다.

"뭣?"

"장강雙협. 상패검 장 대협, 일금선 독고 대협이시지
요? 소녀를 위해서 위험을 무릅쓰신 두 분 대협께 진심으
로 감사드립니다."

남궁화는 장일삼과 독고야가 뭐라 말하기도 전에, 빠르게 말을 붙였다.

"위 공자와 함께 이 배로 옮겨지면서 들은 것인지라, 정확한 사정은 모릅니다."

장일삼이 내 쪽으로 시선을 옮겼다. 그때 독고야는 갑판 너머, 무장한 수적들이 분주하게 움직이는 광경을 보며 고개를 설레설레 젓고 있었다.

내가 수룡검왕을 만나러 간 시점에서 얼마 되지 않아 사단이 일어나고 말았으니, 두 장년인은 내게 이것저것 물어볼 수 있음에도 불구하고 경황이 없는 것 같았다.

"구 대협께서 정녕 작고하셨다고?"

"예. 분명 그렇게 들었습니다."

"구 대협은 이리 가실 분이 아니시다. 그분의 무공이라면! 필시 소저가 잘못 들은 걸게야."

"소녀도 그리 믿고 싶습니다."

"크윽. 다른 분들께서는 아니 계신 건가? 우리뿐……인 것인가?"

"예. 모사 흑사두가 소녀를 본가로 돌려보내 준다기에, 소녀는 소녀를 위해 오신 분들을 두고 염치없이 돌아갈 수 없다 하였습니다. 헌데 흑사두가 너무도 강경하게 그것은 아니 된다 하였고 소녀도 주장을 꺾지 않은지라, 두

분 대협과 위 공자만을 풀어 주는 걸로 합의에 이르렀던 것입니다."

"그렇게 된 것이었구만. 소저에게 뭐라 고맙다고 해야 할지……."

장일삼이 말꼬리를 흐리며 독고야 쪽으로 몸을 틀었다.

두 장년인은 이제 그들이 취해야 할 행동을 두고 갑론을박(甲論乙駁)을 시작했다.

죽음이 자명한 수룡검왕 휘하의 무림인들을 구해야 한다고 의기투합(意氣投合), 한동안 시끄럽게 굴었다.

그러나 그들이 내놓은 방안 전부가 불길에 뛰어드는 불나방과 다름없는 것들뿐이라는 것을 인정하기까지 오랜 시간이 걸리지 않았다.

그리고 우리의 배는 출항했다.

*   *   *

장일삼과 독고야는 구사일생하였다. 시간이 지나자, 둘은 현실을 직시(直視)해서 수룡검왕의 죽음보다도 채주 막광도가 죽는 그 사단에서 살아 나온 것에 안도하는 모습을 보였다.

장일삼과 독고야는 도선장에 도착하는 대로 그들이 겪

은 사실들을 수룡검왕의 장원에 알리고 남궁화를 남궁세가 본가가 있는 안휘성까지 데려다주기로 했다.

그런 다음 장일삼도 독고야도 남궁화도, 각자 나름대로 생각할 게 많았던지 모두 꿀 먹은 벙어리처럼 조용해졌다.

내 눈빛을 받은 남궁화가 몸을 일으켰다.

그녀와 나는 장일삼과 독고야와 멀리 떨어진 뒤쪽 갑판으로 소리 없이 이동했다.

뿌연 장강을 세차게 밀고 나가는 물보라는 앞으로 장강의 기득권을 두고 일어날 큰 싸움들을 사전에 보여 주는 듯했다.

"누구냐?"

내가 물었다.

"본가에 도착하는 대로……."

쏴아악!

남궁화의 말이 채 끝나기도 전에, 내 몸에서 일어난 살기가 그녀의 전신을 뚫고 지나갔다. 남궁화의 전신이 부르르 떨렸다.

"……지금 답하지 않으면 소녀는 어찌 되는 겁니까?"

남궁화가 혼자 묻고 혼자 대답했다.

"소녀를 죽이시겠지요. 답해도 죽고 답하지 안 하여도 죽는 것이라면, 소녀가 할 수 있는 저항이 무엇이겠습니까?"

남궁화는 결연한 표정을 짓고 있었다.

"소녀의 목이 지금까지 붙어 있는 이유가 무엇인지는 잘 알고 있습니다."

나는 나를 삼류 악당처럼 이야기하는 남궁화를 빤히 쳐다봤다.

거래를 논했으면서도 혈마교주를 기만하면서까지 대답을 미루고 있는 이유는 분명 다른 데에 있으리라!

흔들림 없이 굳건한 남궁화의 두 눈을 바라보고 있노라니, 뭔가 떠오르는 게 있었다.

지난날.

어떤 녀석이 내게 했던 말이 바로 그것이었다.

"위 공자. 남궁 소저는 공자에게 속고 있지만 나는 아니오. 내가 항상 지켜보고 있다는 걸 잊지 마시오. 조만간 남궁 소저도 공자의 본모습을 알게 될 것이오. 내가 밝히리다!"

나는 입꼬리를 실룩였다.

"그놈이겠군."

내가 말했다.

"그놈이라니요?"

언제고 남궁화 옆에 떨어지지 않은 채, 그녀를 향한 연정(戀情)을 감추지 않았던 그놈.

"호위."

역시나 맞았다.

남궁화는 당황한 척하지 않으려 했지만 내 눈썰미를 속일 수 없었다.

똘똘 뭉쳐 있던 그녀의 두 눈이 비로소 흩트려지기 시작했다.

"킥!"

남궁화의 볼을 잡아내 얼굴로 가까이 끌어왔다.

"어, 어, 어쩌실 건가요?"

내 눈에 담긴 살의(殺意)를 제대로 읽은 것이 분명하게도, 남궁화는 겁을 잔뜩 먹고 말을 더듬었다.

"어디까지 알고 있지? 아는 대로 전부 거짓 없이 고해라. 지금 이 순간 네 목숨뿐만 아니라, 네 가문 전체의 명줄까지 달렸음을 잊어서는 아니 되겠지."

*　　　*　　　*

"배, 배가 난파되었을 때, 소녀를 구해 준 사람이 다름 아닌 호위였습니다."

남궁화는 고개를 숙인 채로 이야기를 시작했다.

"간신히 강변으로 빠져나오자 실로 대단한 광경이 절벽 사이에서 펼쳐지고 있었습니다."

"너와 호위. 두 사람뿐이었느냐? 다른 생존자는 없던 것이 확실한가?"

"그 격랑 속에서 얼마나 살아 나올 수 있었을지…… 허나 교주님께서 찾는 사람은 호위가 맞습니다."

"본좌가 놈을 왜 찾고 있는지 알고 있는 것이로구나."

내가 말했다.

"교주님과 겨루던 자 때문에 호위를 찾고 있는 것이 아니십니까."

"맞다. 당시의 상황을 하나도 빠짐없이 자세히 고하거라. 이야기만으로도 본좌가 그 자리에 직접 보고 있는 것처럼 느끼도록."

"예."

남궁화가 그때의 일을 회상하면서, 그녀의 눈동자가 이마 쪽으로 슬그머니 올라갔다.

"눈앞에 펼쳐진 광경이 실로 경이로워서 저희들은 넋이 나가 있었습니다. 그저 교주님과 그자가 펼치는 신위를 멍하니 바라만 보고 있었습니다. 바로 옆으로 낙석(落石)들이 떨어지고 나서야 그 자리에서 벗어나려 하였는데,

그때도 거대하게 솟구친 장강의 물속에서 교주님과 그자는 겨루고 있었습니다."

"계속."

"교주님과 그자를 둘러싸고 있던 거대한 물줄기가 갑자기 물안개로 변해버리면서, 사방이 뿌옇게 흐릿해졌습니다. 희미한 광경 안에서 볼 수 있는 것이라고는 교주님과 그자의 인형(人形)뿐이었습니다."

그 시점에서 인황은 제 목숨을 담보로 내 목숨까지 앗아 가려고 했었다.

"잠시 후, 한 인형이 장강으로 떨어졌습니다."

"놈이었겠지."

"예. 그자는 수면 밖으로 나오자마자 저희가 있던 반대쪽 강변에서 우두커니 서 있기만 했는데, 망연자실(茫然自失)한 것처럼 보였습니다. 그때 호위가 저를 자리에 남겨두고 그자에게 다가갔습니다."

"넌 왜 따라가지 않은 것이냐?"

"호위가 강력하게 만류하였다고는 해도, 사실은 너무나 경황이 없었습니다. 눈앞의 경천동지(驚天動地)한 대결은 물론이거니와, 그간 동행하였던 분이 교주님이시라는 것을 알게 되었기 때문이었습니다."

"그래서?"

"호위와 그자가 무슨 말을 나누었는지는 들리지 않았습니다. 그자와 짧은 대화를 마친 호위가 다시 돌아왔는데, 호위가 말하길……."

그쯤에서 남궁화는 잠시 말을 멈추면서 내 얼굴을 살폈다. 내가 채근하듯이 턱짓을 해 보이자, 그녀가 말을 계속했다.

"대의(大義)를 위해 그자와 함께해야 할 일이 있다고 하였습니다. 그래서 소녀는 소가주가 안경(安慶) 지부에 있다는 것을 떠올리고, 그쪽으로 가 있겠다 하였습니다."

대의라는 말로 간단히 넘어갔지만, 그놈이 무슨 말을 했을지는 너무도 뻔했다.

나를 두고 무림흉적(武林凶賊)이니, 세상에 다시없을 마귀 따위로 언급했겠지.

"흥."

"소녀가 본 것을 가문에 알리는 것이 시급하다고 판단해서, 소녀가 먼저 그리하겠다 한 것이었습니다. 하지만 그것은 저희 가문이 천하대세에 해박해야만 하는 상계(商界)에 있기 때문이었지, 결코 혈마교에게 반(反)하기 때문이 아니었습니다."

남궁화는 내가 그녀의 말을 믿지 않는다고 생각했었는지, 그렇게 말을 덧붙였다.

생각해 보면 남궁화는 현실적인 시각으로 움직이는 타입이었다.

예컨대 그녀는 우리가 동행하고 있던 때에도, 내가 혈마교도라면 더더욱이 본가로 데려가야 한다고 친(親) 혈마교의 성향을 드러낸 적이 있었다.

"그것이 마지막이냐?"

"그러하옵니다. 그 뒤로 호위와 헤어지고 강변을 따라 걷다가, 수적들에게 붙잡히게 된 것입니다."

"그럼 본좌가 이제 무엇을 물을지 알겠구나?"

"추호의 거짓 없이, 소녀는 호위와 그자의 행방을 모르옵니다."

"그자? 큭큭."

"……."

"놈이 지금껏 살아 있을 것 같으냐? 놈은 벌써 죽었다."

남궁화는 본인도 모르게 놀란 눈을 떴다가, 황급히 그 표정을 지웠다.

"하오나 그 뒤로 호위는 소녀를 찾지 않았습니다."

"너를 그토록 사모하는 녀석이니, 언젠가는 너를 찾을 수밖에."

"호위가 소녀를 찾으면, 그 즉시 알려주신 방도에 따라고하겠사옵니다."

나는 남궁화가 비정(非情)하다 할 만큼 태도를 돌변하고, 더욱이 친 본교 성향이 짙기까지 한 여자라지만, 그것만으로는 그녀의 진심을 확신할 수 없다고 생각했다.

신경 쓰지 않아도 될 정파 인사들을 구명하기 위해 감히 혈마교주를 상대로 거래를 논했던, 모순(矛盾)적인 면을 보였던 그녀가 아니었던가.

중요한 사안을 이 여자에게 맡길 수는 없지.

"호위는 어떤 놈이냐?"

"성은 우, 이름은 적. 소녀의 호위를 자청하기 전까지만 해도, 강호에서는 검문칠호(劍門七虎)라 불렸던 신진고수였습니다."

"사문은 어디냐."

"창천검문, 두 검왕 중 한 명인 창천검왕의 일곱 번째 제자입니다."

"검왕이라하면."

"오왕을 말하는 것이옵니다. 삼제…… 오왕십절에서……."

삼제오왕십절이라.

그런데 제, 왕, 절, 각각 한 명씩이 내 손에 의해 죽었다.

제(帝)에서는 암제로 불렸던 인황이 죽었고, 왕(王)에서는 수룡검왕 구왕일이 죽었으며, 절(絶)에서는 유성도 영도군이 죽었다.

그래서 이제사왕구절(二帝四王九絶)이라고 정정되거나, 천황과 인황까지 사제(四帝)로 편입시켜 사제사왕구절이라고 해야 함이 마땅하다.

어쨌거나 구시대의 흔적에 불과해진 삼제오왕십절을 다시 논하자면, 오왕은 두 명의 검왕과 두 명의 도왕 그리고 한 명의 권왕으로 나뉜다.

그중 두 명의 검왕은 수룡검왕과 호위 놈의 스승인 창천검왕이다.

즉.

호위 놈은 명문 중의 명문이라고 할 수 있었는데, 남궁화의 호위를 자청하며 사문을 떠난 것을 보면 어지간히도 남궁화를 사모했었던 것이다.

"가족은?"

내 그 물음에 남궁화의 얼굴이 딱 굳었다.

나는 그녀의 주저하는 눈빛에서, 수적들이 댕강댕강 썰려 나가던 그 광경을 떠올리고 있다는 것을 느낄 수 있었다.

하지만 내가 본교에 한마디만 하면 놈의 가족뿐만 아니

라 구족(九族) 전체를 한 명도 빠짐없이 알 수 있다는 사실을 그녀도 모를 리가 없었을 것이다.

"안휘성…… 정…… 정덕입니다. 호위의 두 형제가 노모(老母)를 봉양하고 있는 것으로 알고 있습니다."

남궁화가 겨우 대답했다.

"소녀는 소녀가 아는 바를, 추호의 거짓도 없이 고하였습니다. 부디 저희 가문에는 아량을 베풀어 주시옵소서."

"이복언을 두고 볼 일이겠지."

남궁화의 안색이 더욱 어두워졌다. 그것이 무리도 아닌 것이, 남궁세가주 남궁진야는 화우 이복언을 비호하기 위해서라면 죽음도 불사할 사람이라고 알려져 있었다.

내가 등을 돌리자, 다리에 힘을 풀린 남궁화가 그 자리에서 주저앉았다.

돌아온 갑판에서 장일삼이 눈짓으로 나를 불렀다.

"남궁 소저하고는 본래 알던 사이인 것 같은데, 맞는가?"

"사천에서 안면이 약간 있었습니다."

장일삼이 고개를 끄덕였다. 그런 다음 남궁화가 돌아오지 않는 것을 확인하면서, 의뭉한 표정과 함께 입을 열었다.

"화조풍월(花鳥風月)과 같은 처자이지. 여식인 탓에 가문에서는 입지가 작은 것이 사실이나, 그래도 남궁가의 사람일세. 사실 처자를 구하는데 혁혁한 공을 세운 것이 소제이지 않은가? 혼사가 정해지지 않았다면, 저만한 혼처도 없을 것이네."

"남궁 소저가 소제에게 연정이 있는 것 같네만."

독고야도 덧붙였다.

둘은 남궁화가 내 눈치를 슬슬 보고 있던 것을 그렇게 오해하고 있었다.

"인연이 있고, 연정이 있으며, 혼처 또한 더할 나위 없는 곳이 잘 생각해 보시게."

장일삼이 말했다.

"고아와 다름없어진 저를 명문(名門)에서 마음에 들어 하겠습니까. 관심 없습니다."

"사람하고는. 그리 쉽게 포기하는가. 남궁가라면 우리 장강쌍협 같이 소(小) 영웅을 알아보지 못할 리 없네. 일단 우리와 함께 가세나. 혼사는 차차 생각해 보기로 하고."

"소제만 생각이 있다면 중매는 우리가 서겠다."

장일삼과 독고야가 차례대로 말했다.

그때쯤 남궁화가 모습을 드러냈다.

둘은 갑자기 모서리를 돌아서 나온 남궁화 때문에 깜짝

놀라며 시선을 돌렸다.

그러다 독고야가 슬그머니 말을 꺼냈다.

"소저. 오해 마시게."

"아닙니다. 두 분 대협 말씀대로 위 공자와 같으신 영웅을, 누군들 마다하겠습니까."

"호!"

"하지만 위 공자는 소녀에게 너무도 과분한 분이시지요. 너무도……."

"쩝."

그것을 완곡한 거절의 표현으로 들은 독고야는 입맛을 다셨고, 장일삼도 좋다 말았다는 듯한 얼굴로 가만히 고개를 끄덕였다.

장일삼과 독고야.

둘에게 나는 전쟁 중에 고향을 잃어 성격이 비틀어져 버린 무례한 후배이기도 하면서, 거리낌 없이 황금장이라는 큰 선을 이어준 고마운 후배기도 했다. 더군다나 사지(死地)에서 함께 생사의 순간을 나눴던 후배이기도 해서, 둘은 나와의 헤어짐을 몹시 아쉬워하였다.

"장강에 들린다면 꼭 우리를 찾으시게. 소제."

"장강쌍협은 은원을 잊는 법이 없지."

이번에도 둘은 드넓은 장강 일대를 제집 안방같이 여기는 투로 말했다.

나는 대수롭지 않은 듯 고개를 끄덕이는 한편, 남궁화에게 전음을 보냈다.

— 내 사람이 곧 붙을 것이다. 알아서 잘 처신하고, 시키는 대로 따르거라.

남궁화는 그렇게 하겠노라고, 눈빛으로만 대답했다.

셋이 길을 떠난 뒤에 나는 심장 고리에 맺혀 있던 마법 결정을 끄집어냈다.

"$T\varepsilon\,\lambda\,\varepsilon\,\pi\,o\,\rho\,\tau$"

섬서성 대전의 침소 안.

말끔하게 정돈된 그 방 안에서 나오자, 어김없이 놀란 교도들이 분주하게 움직였다. 나는 그들에게 신경 쓰지 말라는 듯 손을 휘휘 저어 보이면서 바로 대청(代聽)으로 들어갔다. 대청에서도 색목도왕과 함께 본교 일을 나누고 있던 교도들이 허겁지겁 도포를 걷으며 한쪽 무릎을 꿇고 고개를 조아렸다.

"천유양월 천세만세 지유본교 천존교주 독보염혈 군림천하 천상천하 지상지하 광명본교! 교주님을 뵈옵니다!"

서른여섯 자 교언이 사방을 때렸다.

색목도왕이 내 뒤를 따라와 뒷방으로 들어왔다.

"송구스럽게도 아직입니다."

색목도왕이 말했다.

"본교가 전력을 다해 쫓고 있으니 조만간 옥제황월, 놈의 행방을 알 수 있을 거라 믿어 의심치 않는다. 헌데 한 녀석을 더 찾아야겠다."

"하명하시옵소서."

"인황은 죽었지만, 전승자가 있는 것으로 여겨진다."

전승자라는 말에 색목도왕의 금색 눈썹이 꿈틀거렸다.

"누구입니까? 그놈이."

"이름은 우적. 근래에는 남궁세가의 여식 화(花)의 호위로 있었으며, 전에는 강호에서 검문칠호(劍門七虎)라 불렸다 한다. 사문은 창천검문이며 창천검왕의 일곱 번째 제자."

"옛."

"놈의 행방을 쫓고, 안휘성 정덕에 있다는 놈의 두 형제와 노모를 이곳으로 끌고 오너라. 그리고 남궁가의 여식에게 언질을 해 두었으니, 그것에게도 사람을 붙여 두어라. 놈이 남궁가의 여식을 찾으면 본좌가 바로 알 수 있도록."

"하오면 교주님께서는?"

색목도왕은 내 다음 계획이 무엇인지 바로 눈치챈 것 같았다.

"창천검문에는 본 교주가 직접 가지."

*   *   *

하남 대별산맥(大別山脈).

삼십 년 전, 그곳에 자리하고 있던 흑도 세력들을 일망타진하고, 대별산맥의 종주(宗主)가 된 이가 있었으니 창천검왕 주의광이다.

비록 주의광과 창천문이 흑도 세력들을 몰아낸 주력 세력이라고 해도, 소방파에 불과했던 창천문이 무수히 많은 현문정종(玄門正宗)의 분파가 자리한 하남 지방에서 대별산맥의 종주로 인정받기는 쉬운 일이 아니었다.

그러나 그로부터 삼십 년이 지난 지금, 창천검문이 대별산맥의 종주라는 것에 대해 누구도 이의를 달지 않는다.

강산이 세 번 변하는 동안 주의광이 무공의 극의를 이뤄 두 명의 검왕 중 한 명으로 거론되고 있는 탓이기도 하였지만, 무공 못지않게 주도면밀하게 기반 작업을 해 왔던 주의광의 기민한 처세술도 한몫을 담당했던 것으로 들었다.

이제 하남의 명문들은 하남영웅회라는 면목으로 그들의 후기지수와 영애들을 정기적으로 창천검문에 보낸다.

그런데 바로 그것들에게는 지극히 불운하게도, 오늘이 바로 그날인 것 같았다.

"그게 문제란 말입니다. 분기탱천(憤氣撑天)하여 무림을 이끌어야 할 태산북두부터가 껍질 안으로 목을 감춘 자라 꼴인데, 왜 우리 하남은 언제까지 숭산만 바라보고 있는 겁니까?"

"호북 무림을 보십시다. 무당의 신망은 땅에 떨어졌고, 전란 영웅들은 무당산이 아닌 익주, 수룡검왕 구왕일 대협에게 의탁하고 있는 실정입니다."

"그 형세가 실로 대단하다지요?"

"이 왕 모도 그렇게 들었습니다."

"헌데 무당의 신망만 떨어졌습니까? 대국은 어떻습니까? 모두들 말을 삼가서서 그렇지, 속 시원하게 말해 봅시다. 천자(天子)께서 괴랄할 서풍(西風)을 당해 낼 수 있을 것 같습니까"

"맞소. 형세는 논외하고, 의지만 보아도 그렇소이다. 반 천하를 빼앗기고도 옥쇄 한 번 찍는 것으로 넘겨 버린

게 대국의 의지였소."

"마교는 절대 반 천하에서 만족하지 않을 거예요. 영웅들께서도 모두 보셨어요. 간악한 마두들이 반 천 년간 사막에 숨어 어떠한 힘을 길렀는지. 비로소 궐기(蹶起)한 그들이 이것으로 멈출 것 같나요?"

"실로 간악한 것들입니다. 전비(戰備)를 정돈하는 대로, 하남과 중경 그리고 호북. 중원으로 들어올 겁니다. 일 년? 이 년? 십 년? 웃기는 소리요. 당장 내일일 수도 있습니다. 솔직히 말해, 혈마교는 얼마든지 들어올 수 있었습니다. 지난 대전에서 혈마교의 피해가 거의 전무하였다는 것을 모두 잊지 않으셨을 겁니다."

"맞소. 지금은 단지 혈마교가 숨을 고르고 있을 뿐, 머지않았소."

"우리 하남 무림은 호북 무림을 봐야 해요. 호북의 영웅들이 무당 대신 수룡검왕 구왕일 대협 아래에서 일통(一統)하였듯이, 우리 하남 무림도 일통을 이루어 서풍을 준비해야죠."

"……현문종사(玄門宗師)들께서도 생각이 있으실 겁니다."

"아무런 말씀들이 없으시니, 우리가 이러고 있는 게 아니겠소."

"수룡검왕 구왕일 대협께서 그러하셨듯이, 창천검왕께서 하남 무림에 일침을 가하셔야 할 텐데…… 이 자리에 모이신 영웅들께서는 각각 사문의 가르침을 받고 오셨을 테지만, 그래도 우리라도 일통하여 힘을 합한다면 수도선부(水途船浮)라고, 때가 앞당겨지지 않겠습니다."

"맞는 소리요."

"그럽시다."

"그렇소!"

백 보 아래.

봉우리 끝에 걸쳐진 창천검문 본각 전체가 넓게 펼쳐져 있었다.

나는 그곳에서부터 들려오는 젊은 치들이 세상 물정 모르고 내뱉는 소리에 조소를 머금을 수밖에 없었다.

하남 무림이 호북 무림이나 호남 무림처럼 통합되지 않는 이유는 대국이 그것을 원치 않기 때문이다.

달리 말하자면, 대국은 호북 무림이 규합되도록 내버려 두었다.

대국은 본교와 마주하고 있는 국경 쪽으로 상당한 병력들을 전진 배치시켰다. 그 결과 국경의 방비는 탄탄해졌다 할 수 있지만, 안쪽의 많은 부분들이 취약하게 되었다.

그 말은 곧, 국경이 그네들의 의도와 달리 뚫리게 된다면 본교의 혈마군이 중원 곳곳을 휘젓게 된다는 말과 같았다.

이에 대국은 내부의 방패로 중원 무림 세력을 택할 수밖에 없었다.

그런데 거기에는 절대적인 조건이 있었다. 황성이 있는 하북, 그곳과 맞닿은 삼성(三省) 산서, 하남, 산동 무림의 규합만큼은 안 된다는 것이었다. 실제로 대국 황제가 사성의 주요 무림 인사들에게 교지를 내린 것이 확인되었다.

일개 무림 세력에 불과하다고 여겼던 본교가 천력(天力)으로 반 천하를 일거에 휩쓸어서 크게 놀란 탓이었고, 그렇기에 호랑이를 막으려다가 집 안에서 다른 호랑이 새끼들을 키우는 일은 하지 않겠다는 것이 대국의 입장이었던 것이다.

현명한 것일까? 권욕(權慾)의 말로를 보여 주는 것일까?

"영웅들의 뜻이 한데 모였으니, 이 왕 모가 창천검왕을 뵙고 오겠습…… 악!"

쾅!

술자리에 있던 젊은 치들이 사방으로 튕겨 날아갔다.

누구는 끈 풀린 연처럼 담장 너머까지 날아가, 절벽 아래로 떨어지기도 했다.

내 전신에서 이는 붉은 아지랑이가 뿌연 흙먼지를 뚫으며 스멀스멀 일렁거렸다. 나는 흙먼지 속에서 좌중을 둘러보았다.

각각 이룬 경지와는 상관없이, 전부가 멀리 쓰러져 바닥에서 꿈틀거리나 머리를 흔들며 정신을 깨우고 있었다.

창천검문의 무복을 입은 녀석이 그중에 있었다. 녀석은 아슬아슬하게 담과 절벽 사이에 걸쳐서 몸을 일으키고 있는 중이었다.

쫙 펴진 내 손아귀 안으로, 녀석의 몸이 튕기듯 날아왔다.

"크억!"

나는 녀석의 목을 붙잡고 녀석의 외양을 빠르게 훑었다.

하남에서 내놓으라하는 후기지수와 영애들과 한자리에 있었던 만큼, 창천검문에서도 제법 입지가 있는 녀석일 것이다.

검문의 정식 제자.

혹은 진전제자인 검문칠호 중 하나.

"우적, 본 적 있느냐?"

녀석의 고개를 젓지도 끄덕이지도 않았다. 녀석이 독한

눈매로 나를 노려보고 있던 그때, 흙먼지를 뚫으며 날아드는 쌍검(雙劍)이 있었다. 예기(銳氣)가 맺히고 경락(經絡)을 두드리는 것이 검술에 꽤나 조예가 깊다 할 수 있다.

파앙!

위에서 아래로 방향을 바꾼 기파(氣波)가 둘의 상부를 때렸다.

두 젊은 남녀가 외마디 비명 소리를 터트린 후, 내 발 앞에서 밟힌 개구리마냥 꿈틀거렸다. 내가 둘의 등을 차례대로 밟자, 흉골과 척추가 바스러지는 소리가 연달아서 들렸다.

그때쯤 해서 사방을 자욱하게 만들었던 흙먼지가 가라앉았다.

그제야 좌중은 눈앞에서 휘날리고 있는 흑룡포를 볼 수 있었다.

쌍검을 날렸던 젊은 남녀처럼, 내게 달려들고 있던 것들이 허겁지겁 뒤로 발을 놀렸다. 진행 방향에 담장 파편이 커다랗게 떨어져 있는 것도 지각 못한 채 거기에 걸려서 넘어지는 것들이 상당했다.

"우적, 놈을 본 적이 있느냐?"

녀석이 이번에는 고개를 저었다.

그러다 무슨 용기가 들었는지, 내 얼굴에 피 섞인 침을

뱉었다.

그러고 보니 내 욕을 들어 본 적은 상당해도, 이렇게 얼굴에 침을 맞아본 적은 처음이었다.

나는 녀석의 경추(頸椎)를 꺾어 버리는 대신, 바닥에 내팽개쳤다. 녀석이 바닥을 나뒹굴며 고통스러워했지만, 누구도 녀석에게 먼저다가는 것들이 없었다.

누구 하나 입을 열지 않고 있었다. 그러나 눈만은 하나같이 경악으로 물들어 있었다.

말도 안 돼!, 어째서! 어떻게!

그것들의 눈이 말한다.

혈마교주의 얼굴은 몰라도, 혈마교주의 상징인 흑룡포는 풍문을 들어 알고 있으리라.

강호에 검은 비단으로 짠 도포를 입고 다니는 이들이 모래알처럼 발에 챈다고 해도, 거기에 감히 적실로 용을 새겨 넣은 이는 없다.

그것은 마치 불문율처럼 절대 하지 말아야 할 금기가 되어 있었다.

호기가 넘치다 못해 미쳐 버린 것들이나, 아무것도 모르는 여인네들을 꼬시려 붉은 용을 새겨 넣고 다니다가 오체분시(五體分屍)된 몰골로 발견되곤 했다.

나는 얼굴에 묻은 침을 손바닥으로 닦으면서 녀석에게

다가갔다.

녀석도 이제야 내 외양을 확인했던 거다. 녀석의 눈이 파르르 떨렸다.

"마……마…… 마두(魔頭)……."

녀석이 내 살기를 정면으로 받으며 하얗게 질려 있을 때, 백화문 쪽으로 슬금슬금 꼬리를 빼는 것들이 있었다. 나와 시선이 마주치자, 그것들이 할 수 있는 최고의 경신술로 몸을 띄웠다.

한 개에서 두 개로, 두 개에서 네 개로.

찰나에 네 개로 나뉜 탄지(彈指)가 어떤 것은 직선, 어떤 것은 완만한 곡선을 그리며 그것들의 후두부를 관통해 이마나 목 아래를 뚫고 지나갔다.

"어떤 것들은 본좌 앞에서 등을 돌리고."

나는 남아 있는 것들에게 경고했다.

직전에.

백화문 위쪽 담장에서 나를 살펴보는 시선들을 느끼고 있었다.

"어떤 것들은 감히 숨어 있고."

수도(手刀)가 허공에 붉은 호선을 그리기 무섭게 그쪽을 비스듬히 스치고 날아갔다.

콰앙!

태화검문에서 가장 높게 솟은 전각의 상층에 충돌했다.

그 폭음 한 번으로 끝나지 않았다.

수도에서 수검으로 변한 나의 손짓이 천강혈마검법(天降血鬼劍法)의 검로를 이어 나갔다.

허공에 붉은빛이 일렁이는가 싶더니, 검기가 질풍 같은 속도로 튕겨져 나갔다. 비호를 쫓는 검속이 아니거니와 벼룩의 눈을 찌르는 예검도 아니다. 그러나 검기에서 일어난 파동이, 스치고 지나가는 그 아래의 것들, 담장뿐만 아니라 지면 거죽까지 성나게 뒤집었다.

이윽고 순간적으로 붉은 검기가 혈귀의 얼굴을 번뜩이며 전각에 부딪쳤을 때, 거대한 폭음과 함께 전각 전체가 산산조각나면서 터졌다. 온갖 파편들이 화산탄처럼 우수수 떨어져 내리기 시작했다.

내 발아래의 창천검문 제자는 그 광경을 망연자실하게 바라보고 있었다.

퍽!

폭발의 현장에서부터 날아온 널빤지 하나가 녀석의 뺨 옆으로 꽂혔다. 조금만 옆으로 꽂혀 떨어졌어도 녀석의 안면은 함몰되었을 터, 녀석이 널빤지를 바라보며 눈을 껌벅껌벅거렸다. 널빤지에 창천(蒼天)이라는 문자가 음각으로 새겨진 걸로 봐서, 창천검문의 쪼개진 현판 중 하나인 모양이다.

녀석이 믿을 수 없다는 듯 현판에 새겨진 문자를 더듬었다.

그때 놈이 오고 있었다.

수룡검왕과 필적할 기운 하나.

창천검왕.

놈이 붕새같이 유유히 허공을 가로지르며 나타났다.

핏발 선 놈의 눈알이 곧 터질 듯했다.

놈은 그 눈 안으로 담장 밑에 나뒹구는 사체와 내 발아래서 굳어 버린 창천검문의 제자 그리고 벌벌 떨고 있는 후기지수들을 빠르게 담았다.

놈이 다시 시선을 내게로 돌려 얼굴을 부르르 떨어 보일 때, 사방에서 창천검문의 제자들이 속속 모여들었다.

"흑, 흑룡포!"

누군가 속으로 담아야만 할 말을 입 밖으로 내고 말았다.

"혈.마.교.주."

단 네 음절.

그 네 음절에 놈의 모든 분노가 깃들었다.

하지만 그것뿐이다.

당장 그의 비전을 모두 발출하며 달려들어도 한참 모자

랄 분노가 전신에서 꿈틀거리고 있는데도, 놈은 발바닥 아래로 뿌리를 내린 듯 우뚝 서서 나를 노려만 보고 있었다.

"네가 주의광이군."

제8장

귀의(歸依)

　주의광의 고아한 풍채는 세속의 삶을 잊은 선인다운 모습이었다.

　그러나 놈도 내 앞에서는 어쩔 수 없는 그저 그런 노검수에 불과했다.

　내 몸에서 피어오르는 웅후한 공력에, 놈의 얼굴 혈관이 붉게 팽창하였다. 입술이 붉고 얇아지며 입은 반쯤 벌려져서 불규칙적인 호흡이 나온다. 더욱이 잔뜩 긴장한 근육 탓에 얼굴뿐만 아니라 전신이 부들부들 떨리고 있었다.

　나는 저 입에서 일기가성(一氣呵成)한 사자후가 터질 줄 알았다.

"하아…… 하아……."

그러나 부아가 끓어오르고 오장육부가 뒤집힐 분노 상태에서. 놈은 무너진 전각을 눈에 담으며 긴 숨 두 번으로 사념들을 몰아냈다.

놈의 얼굴이 일순간 결연하게 바뀌었다. 그러고는 모두가 들을 수 있도록 공력 담긴 무거운 목소리가 그의 입술 사이로 흘러나왔다.

"금일금시부터, 본문의 장문인은 장제자 섭백이니라."

오악고찰의 범종(梵鐘)을 울리는 듯한 목소리가 웅웅 울렸다.

"스승님! 아니 되옵니다."

오십 세가량의 장년인이 달려 나오는 것을, 주의광이 좌장을 펼쳐서 막았다.

쏴아아악.

주의광이 쏘아낸 기풍이 바닥을 쓸고 지나갔다.

"모두 하산하여라."

주의광이 그렇게 말한 다음 내게 말을 이었다.

"본문의 제자와 어린 문객들은 살려 보내 주시오. 하면 이 주 모는 교주의 뜻에 따르리다."

그 즉시 장제자, 검문일호 진섭백의 목소리가 팝콘 알맹이처럼 튀어나왔다.

"무슨 말씀을 하시는 것이옵니까. 대마두의 무공이 대단하기로서니, 어찌 대별종주(大別宗主)의 진력을 홀로 감당하겠나이까. 양패구상(兩敗俱傷)할지언정, 스승님의 뜻에 따를 수 없사옵니다. 부디 존명을 거둬 주시옵소서."

주의광이 나를 향해 담담해 말했다.

"이렇소. 교주. 일문의 장제자라는 것이 이리도 심안(心眼)이 없소. 이런 치들을 죽인들, 고매한 교주께서 얻는 것이 무엇이겠소?"

"스승님!"

"문주님!"

청검을 빼 든 오백 검수들이 주위를 포위한 채, 공격 명령이 떨어지기만을 기다리고 있는 와중이었다. 헌데 그들의 '신(神)'이 바로 포기하는 모습을 보이자, 울분을 토하고 있는 것이었다.

나도 그것은 꽤 의외였다.

수룡검왕과 맞수일 거라고 생각했던 주의광은, 어쩌면 내가 생각했던 것보다도 더 대단한 실력자일지도 몰랐다.

그러니 내 기백을 간파, 곧 창천검문에 일어날 일을 예견했던 것이겠지.

어찌할 바를 몰라 하고 있는 것은 문객으로 온 하남 명문의 신진고수들과 영애들도 마찬가지였는데, 표정으로 볼 때 창천검문의 제자들과 그렇게 생각이 다른 것 같지는 않았다.

"이런 아둔한 것들! 당장 하산하지 못할까?"

주의광이 내가 아닌 그의 제자들에게 노성(怒聲)을 터트렸다.

"본문의 장문인은 그만 사제들을 데리고 하산하시오!"

두 번째 이어진 노성, 그리고 공격적인 기세에 검문일호 진섭백의 입술이 질끈 깨물어졌다. 녀석이 고심 끝에 입을 열었다.

"우리가 짐이 되는 듯하구나. 스승님께서 광오한 마두를 처단하시고 종백의 의기(意氣)를 만천하에 드높이실 것이니, 스승님의 뜻에 따라야 할 것이다. 문객들도 우리를 따라오시게."

진섭백은 지례(之禮)를 올리면 그것이 정말 마지막이 될까, 그대로 몸을 돌렸다.

"다들 장문인을 따라가거라."

우두커니 서 있기만 했던 검문 제자들과 문객들이, 주의광의 그 말이 신호가 되어 하나둘씩 느릿한 걸음을 옮기기 시작했다. 내 발아래 쓰러져 있던 녀석도 눈치를 보다가 재빨리 쓰라린 목을 움켜쥐고는 그쪽으로 뛰어갔다.

지난 시간대에 있었던 대전에서 어째서 창천검왕 주의

광을 보지 못했는지 이제야 알 것 같았다.

주의광은 천기(天氣)를 읽는다.

진짜 천기가 아니라, 대세를 읽는 능력이 신출나고 상황에 맞는 최적의 판단을 내린다는 것이다.

그가 구파일방의 신망이 바닥으로 처박힌 지금, 수룡검왕처럼 세력을 불리지 않은 이유는 발톱을 감추는 편이 낫다고 생각한 그 나름대로의 판단에 의해서였지, 다른 장문인들처럼 황제의 교지 때문이 아니니라.

"허!"

나는 계속 주의광을 주시하고만 있다가 왼팔을 움직였다.

그렇지 않아도 줄곧 내 반응을 살피고 있던 주의광이 발작적으로 신형을 움직였다.

귀신같은 경신술.

분명 창천검왕 주의광은 무림인들이 볼 때 지고(至高)한 고수다. 허나 범부(凡夫)와 창천검왕 사이에 감히 비할 수 없는 큰 벽이 자리하고 있듯, 그에게 있어 나도 마찬가지다.

이를 증명하듯 그가 성명절기인 것이 분명한 속검을 뻗으며 달려들었지만, 내게 조금도 위협이 되지 않았다.

내 앞에서 발검을 완성한 것만으로도 대단한 일.

그의 검이 잔영을 남기면서 미끄러져 접근했으나 내 몸

에 닿을 리가 없었다.

명왕단천공의 붉고 푸른 전기 자극이 뇌리를 번뜩였다.

팡!

내 면장(綿掌)이 그의 가슴에 적중했다.

그가 다섯 장, 즉 십오 미터가량 뒤로 붕 떠서 날아가는
동안 장에서 변환된 나의 수검(手劍)이 허공을 갈랐다.

백화문 인근에 열화(熱火)와 같이 붉고 뜨거운 검기가
떨어졌다.

우주 공간을 뚫고 나온 유성체 하나가 떨어졌던 그때처
럼, 지축이 울렸다. 그곳의 만물지중(萬物之衆)이 하늘로
솟구쳐 올랐다. 흙이며 나무며 암석이며 모두 갈가리 찢
기고 뒤엉켰다.

봉우리가 쿠르르릉하고 비명을 질렀다.

"본좌 앞에서 등을 보이지 말라고 경고하였거늘."

내가 말했다.

장제자 진섭백이 사제들과 문객들을 데리고 나가던 바
로 그 앞으로 커다란 검흔(劍痕)이 패였다.

드래곤의 앞발톱이 할퀴고 지나간 듯.

폭은 4미터, 길이는 20미터, 그리고 지면 속을 깎아 들
어간 깊이는 바로 분간을 할 수 없을 만큼, 그 안은 시커
먼 어둠으로만 가득했다.

많은 이들이 검기가 충돌할 때 죽었고, 그 사체들은 까마득히 깊은 지열(地裂) 속으로 사라졌다. 운이 좋게 살아남은 자들은 바닥을 기면서 사제와 사형들의 이름을 부르짖고 있었다.

나는 주의광에게 걸어갔다.

그는 가부좌를 틀고 앉아서 역류하는 기맥을 억누르고 있는 중이었다.

가슴 쪽의 도포는 완전히 찢겨 나갔고, 맨살 위로는 핏빛같이 선명한 붉은 손바닥 자국이 찍혀 있었다. 그건 명왕단천공이 개방시킨 새로운 장법의 흔적이었다.

천강혈마검법과 검망십이로에 이어서 드래곤의 눈을 공격했을 때에는 일선탈명검법(一線奪命劍法)이, 그리고 이번에는 혈수인(血手印)이다.

의도해서 익혀본 적은 없어도 한 번씩은 천서고에서 훑어봤던 교주 직전비전들. 최근 들어 명왕단천공이 무의식 속에 기록된 무공들을 개방시키는 횟수가 빈번해지고 있었다.

나로서는 환영할 만한 일이다.

여느 무공처럼 단계로 명확히 구분되어 있지 않은 명왕단천공에서, 숙련도를 확인할 수 있는 몇 안 되는 반증이라고 할 수 있으니 말이다.

"교주……."

주의광의 반개한 눈이 나를 올려다봤다. 그가 이빨 사이로 피를 흘리면서 중얼거리듯이 말했다.

"손속이 참으로 매정하구나……."

공대(恭待)가 하대로 바뀌는 순간이었다.

"대마두의 손속이 매정하다고 탓하다니, 그런 어처구니없는."

나는 담담하게 말했다.

하물며 마지막 순간에는 장력을 거두기까지 했다. 장력을 거두지 않았다면, 그의 심장은 면장과 충돌하는 그 즉시 체내 안에서 으깨진 토마토처럼 콱 터졌을 것이다.

물론 그가 나를 두고 매정하다고 말하는 것은 그것을 몰라서가 아니다.

"헛된……."

주의광이 울분을 삼키는 와중에 한 움큼의 사혈을 토해냈다.

"헛된 목숨만 앗아 갔느니. 이 주 모가 교주의 뜻에 따른다 하지 않았느냐."

그래도 삼분지 이 이상은 아직 살아 있었다. 그 때문에 주의광은 내게 완전히 적의를 폭발시키고 있지는 않았다.

"대전이 끝나지 않았거늘."

내가 말했다.

지금은 전쟁 중이다.

전쟁.

"창천은 대전에 관여하지 않았다. 앞으로도 그런 일은 없을 것이고. 더군다나 이 주 모가 투항……."

"저잣거리 아이도 하지 않을 순진한 소리를. 무림맹에 입적(入籍)한 것들은 모두 본교의 적이거늘."

그러면서 나는 내가 언급했던 것들을 향해 몸을 돌렸다.

하남 명문의 신진고수들과 영애들이 창천검문의 제자들과 한데 뒤엉켜서 나를 바라보고 있었다.

어떤 것들은 세상에 다시없을 악마를 보듯 노려본다지만.

움찔!

대부분은 시선이 부딪치기 무섭게 고개부터 떨어트렸다.

"원하는 게 멸적(滅敵)인 것이냐?"

그렇게 묻는 주의광의 눈빛이 흔들렸다.

진정 내 목적이 거기에 있다면, 자리한 그 누구도 살아서 산을 내려갈 수 없다는 것을 누구보다 잘 알고 있었다.

단 한 수를 교환한 것에 불과했어도 아니, 애초에 손을 섞기 전부터 그는 내가 그와는 다른 영역에 속한 사람이라는 것을 눈치채고 있었다.

스윽.

나는 고개를 저었다.

그러자 호랑이 굴에 들어가도 정신만 차리면 살아나올 수 있다는 옛말처럼, 주의광의 눈빛이 선명해지기 무섭게 기광까지 번뜩였다.

"하면 원하는 게 무엇이오?"

하대가 다시 공대로 바뀔 무렵, 창천검왕의 직전제자들이 주의광 뒤로 허겁지겁 뛰어왔다.

열 명의 직전제자들 중에서 몇은 지열 속으로 떨어지고 몇은 검문칠호 그 호위 녀석처럼 본래 이곳에 없던 녀석들도 있었으니, 총 세 명에 불과했다.

그래도 장제자 진섭백은 운 좋게 살아남아 나와 제 스승 사이에 뛰어들려고 했다.

"이런 못난 것!"

노성을 터트리는 주의광의 애처로운 눈빛이 나를 향했다.

내가 기운을 거두자, 주의광이 벌떡 일어서서 진섭백을 비롯한 제 제자들을 멀찌감치 날려 보냈다. 덩달아 몸을 움직였던 검문 제자들 또한 그들을 향해 날아온 직전제자 셋과 함께 뒤엉켰다.

"쿨럭."

내상 도중에 무리하게 공력을 운용한 결과.

주의광의 얼굴이 백지장처럼 새하얘졌다가, 뻘게졌다

가, 푸르스름해지길 반복했다.

"말……말씀하시오. 교주. 더 늦기 전에……."

"아직도 나오지 않는 것을 보면 그놈은 역시 없는 것이
로군."

숨어 있는 기운도 없었다.

"누굴…… 누굴 찾고 있소?"

"우적. 그대의 일곱 번째 제자."

"하…… 하산한 이래로 소식 없는…… 고얀…… 고얀
녀석이외다."

거짓이 아니다.

주의광은 물론이고, 창천 제자들의 울분 서린 표정을
볼 때 그랬다.

주의광은 비틀거리다, 보이지 않는 손에 잡아당겨진 것
처럼 땅바닥에 주저앉았다. 그는 더는 말하기 힘든 상황
이었다.

더 정확히 말하자면 혈맥이 완전히 역류해서 미친 황소
마냥 날뛰고 있었다. 천의가 와도, 그 같은 고수의 주화
입마를 막기 힘들 것이다.

"스승님!"

"문주니이이이임!"

창천검왕 주의광의 죽음은 기정사실이나 다를 바 없었다.

　　　　＊　　　　＊　　　　＊

　꿋꿋한 스승의 만류가 있었음에도 불구하고, 직전제자 셋이 주의광 뒤쪽으로 또다시 달려왔다. 이번에 주의광은 그들을 저지할 수 있는 상황이 아니었다.

　장제자 진섭백을 필두로, 직전제자 셋이 차례대로 주의광 뒤쪽에 가부좌를 틀고 앉아 서로의 등에 두 손바닥을 댔다.

　바로 그들의 코앞에서 내가 내려다보고 있었으나, 그들은 나를 신경 쓸 여력이 없었다. 사람에서 사람을 타고 이어진 직전제자 셋의 공력이 주의광에게 흘러들어 가기 시작했다.

　하지만 조금도 소용없는 일.

　인황이 그러했듯, 길어야 3일.

　주의광은 죽는다.

　창천검문의 한 제자가 닭똥 같은 눈물을 뚝뚝 흘리면서 몸을 일으켰다.

　그 녀석을 시작으로 창천검문의 제자들이 검을 제대로 쥐었다. 하남 명문의 신진고수와 영애들 중에서도 녀석의 기개에 감동해서 덩달아 따라나서는 것들도 있었다. 바로 그것들의 뒤로, 그네들을 삼킬 천 길 낭떠러지 같은 검흔(劍痕)이 자리하고 있었는데도 말이다.

스승이 제자를 아끼고 제자가 스승을 부모처럼 따르는 것이 당연한 일이라지만, 그 당연한 일이 죽음의 문턱 앞에서 처참하게 무너지는 광경을 수없이 봐 온 나다.

하지만 이곳 대별(大別)에서는 그네들의 정의(情義)가 유난히 각별했다.

창천검왕 주의광은 그가 평생을 다해 이룩한, 특히 무도인의 자긍심을 제 제자들을 위해 일고의 주저도 없이 버렸다. 그리고 그의 제자들은 제 스승을 위해 목숨을 던지고 있지 아니한가.

검망십이로(劍網十二路), 나는 열두 개의 검기를 뿌리려다가 그만두었다.

"비켜라."

내가 입을 열자, 내게 다가오던 것들이 우뚝 멈춰 섰다.

반면 세 진전제자는 여전히 그네들의 스승을 구해야 한다는 일념으로 입을 앙다문 채, 이제는 진기까지도 나누어 주고 있었다.

휘익!

폭풍이 이는 하늘의 기류(氣流) 같은 바람이 내 소매에서 뿜어 나왔다.

팡!

세 진전제자들을 저만치 튕겨 날아갔고, 멈춰있던 창천검문의 제자들은 내가 그네들의 스승 목을 베어 버릴까, 비명 같은 기합을 내지르며 뛰어왔다.

그러던 그때였다.

주의광의 주위로 하얀빛이 떠오르는가 싶더니 금세 그의 몸속으로 스며들어 사라졌다.

안면에 삼색의 빛을 바꿔가며 죽음으로 치닫고 있던 그가, 너무도 태연하게 몸을 일으키자 여기저기서 놀란 음성들이 튀어나왔다.

"어엇!"

"문주님!"

그네들의 놀라움은 그것으로 그치지 않았다.

주의광이 대마두 혈마교주에게 포검례(抱劍禮)를 갖춘 것이다.

주의광이 다가서던 것들에게 물러나라고 손짓한 뒤에 입을 열었다. 그러는 주의광도 놀란 기색을 감추지 못한 채, 내게로 돌리는 얼굴에서 눈을 몇 번이나 깜빡여 보였다.

"……교주께서는 필부(匹夫)의 생사(生死)를 쥐락펴락하시는구려. 약관의 나이로 입신지경(入神地境)에 드셨소이다."

혈색이 온화하고, 그의 가슴에 선명히 박혀 있던 수인
(手印)도 어느새 사라져 있었다.

주의광의 그러한 상태를 금방 눈치챈 제자들도 금방 어
수선해졌다. 주의광의 말에 따르면 죽어 가던 그를 되살
려낸 게, 그들이 대마두라고 부르짖던 나, 바로 혈마교주
였기 때문이다.

— 적, 그 녀석이 교주께 무슨 죄를 지었소? 강호의 무
뢰배들이 그 녀석을 검문칠호라 추켜세운다는 것쯤은 알
고 있소. 허나 교주께서 신경 쓰기에는 한낱 무림소졸에
불과한 녀석이라오.

전음이었다.

— 본좌의 적이 되는 자의 진전을 이었다.

감추지 않았다.

주의광은 잠깐 눈을 부릅떴다가,

— 그렇소이까?

쓸쓸한 낯빛을 띠었다.

— 황월 맹주가 개세(蓋世)의 고수라 하나 교주와 맞수
를 이룰 수 없거니와 이미 사자(死者)가 되었을 터, 그러한
황 맹주의 전승인이 무슨 수로 교주의 앞길에 방해가 될
수 있겠소.

— 제자를 아끼는 마음은 충분히 알았으니, 그쯤하면

되었다.

주의광도 터무니없는 무리수를 던졌다는 것을 잘 알고 있던 까닭에, 담담히 눈을 감았다 떴다.

— 하면 이제 어쩌실 것이오?

— 그대는 본좌를 따라와야겠지.

— 다른 스승을 섬긴 녀석이라오.

— 창천에서는 사제간의 정이 진정 두텁더군.

— 그런 녀석이 지금까지 소식 한번 들려주지 않았겠소이까.

— 그야 두고 볼일이 않겠느냐.

주의광이 고개를 끄덕이며 좌중을 돌아보았다.

— 이 주 모는 교주께서 제자들과 어린 치들에 아량을 베푸신다면, 교주의 뜻에 따를 거라 하였소. 그렇지 아니하신다면 교주께서는 이 주 모의 시신만을 가지고 가야 할 것이외다.

주의광은 금방이라도 혀를 깨물고 죽을 것처럼 말했다.

— 스승의 장례를 치르고 싶지 않을까 하네만.

— 교주. 진정 다 죽이셔야만 하겠소? 전시(戰時)라 하여도 너무도 가혹한 처사요.

어느 순간, 주의광을 대하는 태도가 한층 누그려져 있던 게 사실이다.

주의광은 여느 인사들처럼 표리부동한 자가 아니다. 비록 잠재적인 적이라고는 해도, 한평생 무도(武道)에 정진하고 그러한 인성을 이룬 이 노검수 같은 이에게는 마땅한 대접을 할 용의가 있었다.

그부터가 한참 어린 나를 무도의 선지자(先知者)로 대접하는데, 아니 그럴까.

— 창천은 무림의 일에 간여치 않을 것이오. 훗날 대별에 귀교의 교기(敎旗)를 들고 오는 군사가 있다면 길을 내줄 것이고, 귀교가 정한 내정에 따를 것이외다.

— 그대는 그럴 것이다. 허나 그대의 제자들의 생각은 다르겠지.

내 앞의 살아남은 녀석들은 적지 않은 수의 사형과 사제들을 잃었다.

주의광도 그렇고.

우리의 대화는 그렇게 잠깐 끊겼다. 그러다 우리는 동시에 같은 생각에 미쳤던 것 같다. 두 눈빛이 마주친 공간에서 미세한 파동이 일었다.

— 그대가 본교에 투신하면

말이 달라지긴 하겠군, 이라고 채 끝나기도 전에 그의 전음이 끼어들었다.

— 그리하리다.

주의광은 노쇠한 이마에 깊은 주름이 패였다.

일전에 창천검왕 주의광이 그가 평생을 다해 이룩한 것을 제자들을 위해 일고에 주저 없이 버렸다고 생각했던 그 생각을 정정한다.

지금 이 순간에야말로 주의광은 전부 다 버렸다.

주의광이 진심을 다해 본교에 투신할 리는 없다.

요는 창천검왕 주의광이 변절하였음을 공표하는 데에 있었다.

그 사실은 나도 알고 그도 알고 있었다.

본래는 호위 놈이 여기에 없다는 사실을 알게 된 직후, 주의광과 진전제자들을 섬서성 대전으로 끌고 가서 놈을 유인할까 하였다.

그렇게 마음먹었을 때에도 남궁화의 강제 혼례에도 나타나지 않았던 놈이 이제 와서 나타날 리 없다고 생각했다. 나타난다고 해도 적지 않은 시간이 흐른, 인황의 무공을 대성한 이후라고 말이다. 지독한 원한을 가지고 있지만 숨을 수밖에 없게 된 옥제황월, 그놈처럼 말이다.

계획은 상황에 따라 유연하게 변하는 법.

주의광의 변절이 놈을 인질로 끌고 가는 것보다 더 나은 수다.

사문을 멸문시키는 것과 스승을 억압해서 전 무림의 지탄을 받는 변절자로 만들어 버린 것, 무엇이 더 놈을 자극할까?

더욱이 큰 어른이라 할 수 있는 창천검왕의 변절이 정도 무림에 가져올 파장은?

나는 주의광에게 눈빛을 보냈다.

전음으로만 혈마교주와 대화를 나누고 있던 주의광이 비로소 몸을 틀자, 모두의 시선이 그쪽으로 집중되었다.

"장문인."

주의광이 장제자 진섭백을 그렇게 불렀다.

"스승님. 제자를 어찌 그렇게 부르시옵니까. 스승님……."

"이미 공표했던바, 진 장문인이 대별종주 창천의 문주요."

호오. 그랬던 것인가.

창천문의 장문인이 변절한 것이 아니라, 창천문의 전대 장문인이 변절한 것이란 말이겠지?

속은 기분이 들지만 나는 대수롭지 않게 넘겼다.

"스승님!"

"스승니이임!"

다른 두 진전제자가 소리쳤다.

그들은 주의광이 되살아나기 무섭게, 다시 죽음 속으로 뛰어든다고 생각하고 있었다.

그러나 주의광은 그들의 예견과는 달리, 내게 시선을 돌리면서 물었다.

"귀교의 서른여섯 자 교언이 어떻게 되오?"

왜 그따위 걸 묻는 겁니까?

모두의 눈이 그랬다.

"천유양월 천세만세 지유본교 천존교주."

내가 말하고.

"천유양월 천세만세 지유본교 천존교주."

주의광이 따라 했다.

"독보염혈 군리천하 천상천하 지상지하 광명본교"

"독보염혈 군리천하 천상천하 지상지하 광명본교."

우리 둘이 내는 목소리가 범종의 종소리가 되어 묵직하게 퍼져 나갔다.

서른여섯 자 교언은 그것으로 끝이다.

주의광이 도포 자락을 옆으로 쓸면서 두 무릎을 꿇었다.

의아함이 가득했던 모두의 얼굴이 경악으로 바뀐 찰나, 주의광의 이마가 쿵 소리를 내면서 땅을 찍었다. 두 눈을 부릅뜨고 보아도 믿을 수 없는 광경이 그네들의 두 눈앞에 펼쳐지고 있었다.

"스······스스······스승······."

가장 지척에 있던 녀석.

장제자, 아니 창천문주가 된 진섭백은 어버버 입술을 떨고, 말리려는 듯한 손짓만 매가리 없이 허우적거리고 있었다. 정작 이 예식에 끼어들기에는 그의 스승에게서 풍겨 나오는 기도가 실로 진중했으며, 그부터가 너무 놀란 상태였다.

"소인 주의광. 창천에 입문한 자이오나, 지고한 입신지경의 무공에 감복하여 배덕한 마음을 품을 수밖에 없었습니다. 천륜을 저버리고도 여전히 인두겁을 쓰고 있는 것이 하늘에 부끄럽기 짝이 없사오나, 천하의 지탄을 받을지언정 이 감복한 마음을 어찌하오리까. 소인을 받아 주신다면 미천한 재주나마 교주님과 귀교에 쓰임이 될 것이며, 혈마와 그분의 화신인 교주님을 충심으로 섬길 것이오니, 부디 소인을 받아 주시옵소서."

흠잡을 데 없다.

완벽한 변절의 선언이다.

"스승님! 스승님! 어찌 이러시는 것입니까! 예? 예에에에에. 스승니이이이임."

진전제자 하나가 발광하며 뛰어나왔다.

그를 막은 이는 의외로 진섭백이었다. 진섭백이 부모

잃은 어린아이처럼 울면서 그의 사제를 껴안고 놓아주질 않았다.

그의 사제도 진섭백의 품 안에서 울음을 터트렸다.

모두가 알고 있었다.

창천검왕 주의광이 왜 이런지…….

"흑. 흑."

흐느끼는 소리가 여기저기서 들렸다.

나는 소매로 눈물을 닦고 있는 하남 명문의 영애를 바라보았다.

그 계집뿐만이 아니라, 땅을 치며 대성통곡하는 신진 고수도 있었다.

"흥."

악어의 눈물이다.

이 자리에서는 저들을 위한 주의광의 마음씀씀이에 감복하여 눈물을 흘리지만, 돌아서면 그를 변절자라고 손가락질할 것이다.

죽을지언정 멸문지화를 입을지언정 대마두에 맞서 싸웠어야 했다, 어떤 이유에서든지 변절은 용납할 수 없다, 정도 무림의 큰 어른이 너무나 큰 과오를 남기고 말았다, 변절자다, 창천검왕 주의광이 변절했다, 변절자, 변절자!

그네들이 가문으로 돌아가서 말할 소리들이 벌써부터 들렸다.

＊ ＊ ＊

당하와 남양 그리고 서협을 지났다.

섬서성과 하남성이 맞닿는 국경으로 향하던 무렵, 하늘 위를 지나치던 전서응(傳書鷹) 한 마리가 눈에 띄었다.

잡아.

나는 주의광에게 하늘 쪽을 턱짓해 보였다.

스사삿.

주의광이 쥐고 있던 검집에서 빛이 번쩍거리기 무섭게, 하늘 위에서 폭살(爆殺)된 전서응의 사체 조각들이 우두둑 떨어져 내렸다.

확실히 그의 경지는 다른 오왕들보다는 한 수 위다. 주의광이 하늘로 치솟으며 백발백염(白髮白髯)을 휘날렸다.

그가 신묘한 몸놀림으로 쪽지 하나를 낚아채며 내려섰다. 그러고는 이번에도 아무 말 없이 내게 그 쪽지를 건넸다. 산을 내려온 이후로, 그는 말을 하지 않기로 결심한

듯 악다문 입술을 절대 떼지 않고 있었다.

　[연승(燕昇) 기미년 구월 십육일. 혈마교주, 하남 대별산 창천검문에서 나타남(出). 창천검문 문주, 창천검왕 혈마교에 투신하여 대별성마(大別誠魔)라는 별호를 받음.]

　그 조그마한 쪽지에 담을 수 있는 최대의 글자 수라고 해봤자, 딱 그 정도뿐이다.

　누가 누구에게 보내는 것인지도 쓰여 있지 않았다. 지금 이 시각 얼마나 많은 비둘기와 매들이 하늘을 날고 있을까?

　나는 그 쪽지를 다시 주의광에게 돌려주며 말했다.

　"그대가 모르는 세상의 법칙이 있다."

　인과율(因果律).

　"방사들이 천기를 논하고, 유자들이 천명을 논하는 것도 허튼소리만은 아닐 터. 그대는 처음부터 본교에 투신하기로 되어 있었는지도 모르지. 이렇게 된 바에야 열과 성을 다하여 본 교주를 섬기는 것도 고려해 보거라. 단언컨대, 전화위복(轉禍爲福)의 계기가 될 것이다."

　주의광은 고개를 돌려 대별산이 있는 방향을 바라보았

다. 눈빛이 아련한 게, 그의 온 신경은 거기에 쏠려 있었다.

"미련이 남겠지."

내가 그렇게 말하자 주의광은 안면이 자조의 빛으로 물들었다.

당장 제자들을 구명했다지만 창천검문의 미래는 무척이나 암담하다 할 수 있었다.

첫째로 주의광의 기지로 변절자를 창천검문의 전대 장문인으로 한정하였으나, 정도 무림이 그것을 받아들일 리만무하고.

둘째로 주의광이 진섭백에게 그를 규탄하는 성명을 정도 무림에 공표하라 하였지만, 진섭백은 그리하지 않을 것이다.

"허나 정도 무림은 그대의 검문에 신경 쓸 여력이 없을 것이다."

비로소 주의광이 반응을 보였다. 기광 서린 그의 눈매가 내 쪽으로 쓱 움직인 것이다.

"그대가 아니었다면 멸문했을 창천검문이 그대 때문에 사면초가에 놓였으나, 또 그 일로 인해서 화를 피하게 될 것이니. 세상일은 이래서 한 치도 알 수 없는 것이 아니더냐."

"무슨 말씀을 하시는 겁니까."

침조차 바르지 않아서 하얀 실금으로 쩍쩍 갈라져 있던 그의 입술이 처음으로 열렸다.

나는 그처럼 우리가 왔던 방향을 되돌아보며 포문을 열었다.

넓은 평야가 달리기 좋아 보인다.

"중원을 칠 것이다."

* * *

겉으로는 국경을 조율하고 화친을 맺었다. 그러나 국경 인근에 끝없이 펼쳐진 군영의 모습은 본교와 대국 간의 일촉즉발의 상황을 고스란히 보여 주고 있는 셈이었다. 한시도 쉬지 않고 훈련을 하고 군량미를 옮기는 수레들이 꼬리에 꼬리를 물며 굽이굽이 이어진 길을 나와 군영으로 들어가고 있었다.

섬서성으로 들어가는 관문은 대국이, 나오는 관문 쪽은 본교가 관할하고 있다.

우리가 대국 군영을 훌쩍 넘어 본교의 관문을 향해서 비스듬히 떨어 내리자 양쪽의 관문은 그야말로 난리가 났다.

일점(一點)으로 조그맣게 보이는 먼 쪽에서는 경박스러운 경종 소리가 시끄럽게 울려 대는 가운데, 우리가 내려선 상남(商南) 관문 위에서는 서른여섯 자 교언을 외치는 소리가 웅장하게 퍼졌다.

그로부터 며칠 후 섬서성 서안 관도.

주의광과 동행하지 않았더라면 공간이동 마법 몇 번으로 찰나에 도착했을 거리가 수일이나 걸렸다.

도착할 때쯤 돼서 되돌아보면 헛된 시간이라기보다는, 정신없이 달려온 지난 여정들을 되돌아볼 수 있을 뿐만 아니라, 앞으로의 행로(行路)도 정리할 수 있는 괜찮은 시간들이라 생각됐다.

두두두.

내가 탄 마차는 단 한 번도 막힘없는 쾌속 질주를 자랑했다.

이는 선발대가 몇 시진 앞을 달려 나가며 관도 위를 개미 한 마리 없이 비워버렸던 결과였다.

성문 지척에 다 달았다. 그곳에서 본래 호송 행렬이 있었던 모양인지, 포박된 정파 잔당들이 무릎 꿇린 채 관도 옆쪽으로 치워져 있었다. 그런 창밖의 광경을 지나쳐 조금 더 달리자, 색목도왕과 거마들이 나를 기다리고 있었다.

성문 앞에 대열해 있던 그들은 대전까지 마차를 호위했다. 대전 안에도 모든 교도들이 하던 일을 멈추고 내가 탄 마차가 들어올 길을 향해 절을 하고 있었다.

"교주님을 뵈옵니다!"

내가 마차에서 내리자마자, 교도들의 외침이 지축을 울렸다.

본교의 붉은 깃발이 어디에서도 나부끼고, 시야 안의 그 많은 사람들 중에는 서 있는 사람이 단 한 명도 없었다.

설마 이 정도까지 일 줄이야.

주의광은 그런 표정이었다.

"화련."

내 부름에 빼곡한 교도들의 틈에서 내당의 여고수 하나가 몸을 움찔했다.

그녀는 그 많은 사람들 중에서도 자신의 이름이 제일 먼저 불렸다는 사실에 지극한 감격을 받아, 저도 모르게 전신을 떨었다.

그러다 재빠르게 감정을 추스르며 몸을 일으켰다.

"대별성마를."

나는 주의광 쪽으로 시선을 돌려 말을 이었다. 주의광이 놀란 감정을 지워내기 위해 두 눈을 감았다 떴다.

"침소로 안내하고, 대별성마는 침소에서 하명을 기다리고 있거라."

내당 여고수의 시선이 잠깐 주의광에게 멈췄다.

주의광에 대한 이야기를 진작 들었다 하더라도, 그를 쳐다보는 눈길이 나조차 매섭다 느껴질 정도였다.

"삼장로는 따라 들어오거라."

대전 안으로 들어가는 뒤로.

"천유양월 천세만세 지유본교 천존교주 독보염혈 군리천하 천상천하 지상지하 광명본교. 교주님은 위대하시다!"

수많은 소리가 하나로 합쳐졌다. 주의광 같은 고수도 그 같은 열성의 외침은 처음이었던지, 겨우 지워냈던 놀란 감성이 또다시 그의 얼굴 위로 떠올랐다.

"우적의 어미와 두 형제는 열흘 후쯤이면 본교로 압송될 것입니다."

색목도왕이 들어오며 말했다.

"하온데 주의광을 저리 놔두시는 것입니까?"

지하 감옥에 가두어야 하는 것이 아니냐, 색목도왕이 그런 식으로 말했다.

"도망칠 위인이었다면 본 교주를 따라오지도, 투신하지

도 않았을 것이다. 그 자리에서 자결을 택했으면 택했지. 도망치고 싶어도 여기서 누가 감히 도망칠 수 있겠느냐."

"하오면 저자를 어찌 쓰실 것입니까?"

"선봉(先鋒)으로 세울 수 있을 것 같더군."

색목도왕의 눈빛이 날카로워졌다.

"소마도 관상은 제법 볼 줄 압니다. 주의광은 동도(同道)들을 벨 자 같아 보이지는 않았습니다. 그 칼은 필시 본교로 향할 것입니다. 저자가 왜 본교의 귀의(歸依)했겠습니까."

"창천 사제간의 정을 그대도 보았어야 할 텐데 아쉽구나. 어찌나 제자들을 위하는지. 색목도왕."

"옛."

"옥제와 삼황은 어떻게 되었느냐?"

순간, 색목도왕의 얼굴 위로 부끄러운 빛이 스치고 지나갔다.

나는 쉽게 입을 열지 못하는 색목도왕을 대신해서 입술을 뗐다.

"시일이 꽤 지났는데도, 어떤 흔적도 찾을 수 없었다. 시간을 더 주면 찾을 수 있을 것 같으냐?"

"소마와 하교들은 교주님의 기대를 저버리지 않을 것이옵니다."

"아니다. 천하가 이토록 넓은데, 그것들 같은 고수들이 마음먹고 숨고자 한다면 어딘들 숨지 못하겠느냐. 천하 비곡에 숨어서 본 교주에게 대적할 힘을 기르고 있겠지."

"교주님. 소마와 하교들은!"

나는 고개를 저어 보였다.

"색목도왕. 그대를 탓하는 것이 아니다. 사실이 그렇다는 것이지. 본교의 총력을 기울였건만 지금까지 찾지 못했다면 앞으로도 달라지지 않을 거라는 말이다. 그렇지 않느냐?"

말을 마쳤을 때쯤 해서, 나는 참을 수 없는 웃음이 솟구치는 것을 느꼈다. 그리고 어김없이 그 웃음이 가슴을 긁어대면서 입 밖으로 나왔다.

"큭…… 크크큭……."

내 웃음을 오해한 색목도왕의 안색이 더욱 어두워졌다.

나는 다시 한 번 색목도왕에게 고개를 저었다.

웃음을 멈추며 말했다.

"본교가 진군을 왜 멈추고, 대국의 휴전 요청을 왜 받아들였느냐."

아!

그 순간 나를 응시하고 있던 색목도왕의 두 눈이 부릅떠졌다.

"바로 삼황 때문이 아니었더냐. 헌데 하나는 발이 잘려 도망치고, 하나는 백골이 되어 바스러지고, 그 전승자라는 무림소졸과 다른 하나는 꽁꽁 숨어 나타나질 않거늘."

색목도왕이 얼굴에 머물러 있던 어두운 낯빛이 물러가면서 그다운 진중한 표정이 슬그머니 떠오른다.

"본교의 적이라 할 것들은 모두 본교가 두려워 숨어버렸다. 본교가 여기서 멈출 이유가 무엇 있더냐."

과연 혈마군이 중원을 휩쓸고 다녀도 계속 숨어만 있을쏘냐?

"교주님!"

쿵!

색목도왕이 큰 소리를 내면서 왼 무릎을 꿇었다. 찰나에 그의 몸에서 끓어오른 뜨거운 기백이 실내를 가득 채웠다.

목소리 또한 사자의 노성(怒聲)과 같은 힘이 실렸다.

"하명, 하명하시옵소서!"

색목도왕은 벌써 만천하에 본교의 붉은 깃발이 펄럭일 그날을 보고 있는 듯, 그의 만면에 영광스러운 빛이 내려섰다.

"흑웅혈마와 혈마일군은 어디에 있느냐?"

"사천 남부에서 중부로 올라가고 있는 중이옵니다."

"흑웅혈마와 혈마일군을 모두 불러들여라."

"옛!"

"그리고 지금부터 그대는 책모(策謀)와 지략을 모아야 할 것이다. 중원을 치고 황제를 끌어내리자꾸나."

"존명(尊命)! 만천하에 지존은 오로지 교주님. 위대한 교주님 홀로이시옵니다!"

중원을 친다.

진짜 중원을.

〈다음 권에 계속〉

魔劍王

마검왕

『죽지 않는 무림지존』, 『천지를 먹다』
베스트 셀러 작가 나민채의 스펙터클한 퓨전 무협
『마검왕』을 가장 빠르게 보는 방법!

Dream Books

'스마트폰으로 접속!'

정령왕

엘퀴네스

개정판

이환 판타지 장편소설

『숲의 종족 클로네』, 『은빛마계왕』의 작가,
이환 대표작 『정령왕 엘퀴네스』완전 개정판!

설픈 정령왕의 좌충우돌 모험기를 다시 만난다!

컬러 일러스트 · 네 칸 만화 · 캐릭터 프로필 & QnA
매권 미공개 외전 수록!

dream
books
드림북스

신룡의 주인

『더스크 하울러』, 『환수의 주인』의 작가
태선 판타지 장편소설

알테리온가의 막내아들 신
알에서 태어난 특급 용 카이
평범하지 않은 둘의 좌충우돌 학교생활이 시작된다

dream
books
드림북스